師弟と朋友

藤原惺窩とその弟子たち

口中 治久
Kuchinaka Haruhisa

郁朋社

師弟と朋友　藤原惺窩とその弟子たち／目次

装丁／宮田麻希

師弟と朋友

藤原惺窩とその弟子たち

第一章　藤原以粛《いしゅく》

一

文禄五（一五九六）年六月二八日卯の刻（午前六時）、日の出とともに旅装束《しょうぞく》を整えたひとりの男が上京《かみぎょう》の相国寺《しょうこくじ》付近の僑居《きょうきょ》を後にした。かれの立ち振る舞いは凛々《りり》しく、歩く姿も堂々としている。

長旅に出るには相応しくないほど身軽な出で立ちである。ただ筆と墨壺を組み合わせた携帯用の矢《や》立《たて》だけは懐にしっかりと忍ばせている。

文禄五年六月二八日は、グレゴリオ暦に換算すれば七月二三日。暑い夏の盛りである。この暑い時候に合わせた軽装なのである。季節が変われば装束など訪れた先で調達すればよいと呑気に構えている。

まずは歩いて鳥羽まで行く。鳥羽は鴨川と桂川の合流地で、ある書物には「止波《とば》」とも「度波《とば》」とも記されている。京と大坂の行き交う舟の出入り口である。そこから淀川を下り大坂へと向かう。

「よくおいでくださいました」

「一宿、お世話になります」

「あなた様のことは夫からよく聞いておりました」

夫とは同郷の知己《ちき》大村由己《ゆうこ》のことで、相国寺で禅の道、儒の学、漢の詩など一緒に学んだ先輩僧であった。その縁をたよって一泊させてもらおうと連絡をとってあった。

「まずは線香をお上げくださいませ。夫由己は水無月の初めに位牌となってしまいましたの」

「それは存じ上げませんでした。心よりお悔やみ申し上げます。喪中のお宅に泊めていただくなど、申し訳ない限りです」

「いいえ、とんでもございません。主人もあなた様が来られることをどれほど楽しみにしていたことか。さぞ、残念がっていることでしょう」

「それは畏れ入ります。よろしければお亡くなりになった経緯などお聞かせいただけますか」

「はい、あまりにあっけなかったこと。わたくしも吃驚《びっくり》いたしました。近頃はよく頭が重い、痛い、と言っておりましたが、ある日突然、『頭が割れそうだ』と呻《うめ》きながら倒れ込んだのです。

もう若くはないのだから、根《こん》を詰めてお仕事はなさらないようにとご注意させていただいておりましたのよ。でも秀吉様の一代記を書き上げるのがわたしの今生の偉業だと申しましてね、無理をしておりました。脳卒中とかいう病いでした。すぐに名医の誉れ高いお医者さまに来ていただきましたが、あっという間でした。翌日の夕刻には黄泉《よみ》の国に旅立ってしまいました」

「さぞかし驚かれたことで。お寂しいことでしょう」

「わが家にお越しいただいて、よもやまの話ができると楽しみにしておりました。夫はあなた様のことをよく自慢げに語っていましたもの。同郷のよしみからお近づきになったあなた様のことを。学問に向かう一途な姿勢、学識の深さ、それに若いのに似合わぬ恬淡《てんたん》さなど、あんな人物はなかなかいないと、わたくしによく話してくれておりました」

「それは買い被《かぶ》りというものです」

「いいえ、そんなことはございませんわ。あなた様の出自についても申しておりました。ご先祖さまには歌学の泰斗《たいと》藤原定家どのがおられるとか。ご先祖さまの血を継いでおられて、歌にも抜群の才能をお持ちだと。そしてそんな自慢の家柄など、おくびにも出さない謙虚な方だとも」

「わたしという人間と先祖がだれであるかということとは何の関係もありませんので……」

「そんな風に謙遜されるあなた様のことを夫は心より敬愛していたのでしょうね」

大村由己は天文七（一五三六）年生まれの享年六一歳。かれより二五歳の年長である。年少のかれの才智を見込み、面倒を見てきたひとりである。由己自身も文芸の才に長けた人物で、早くに還俗し秀吉の御伽衆《おとぎしゅう》となっている。「太閤記」の基となる「天正記」を著し、秀吉の天下統一を宣揚することに徹するあまり、「御用学者」と揶揄《やゆ》されることもあった。

かれは由己の恩顧には感謝しつつも、その生き様にはどこか違和感を持っていた。同郷同窓の先輩ではあったが、秀吉に追従《ついしょう》し文禄の役を正当化するなど、おべっかの名手だと見下すところもあった。それでも秀吉の「外交の軍師」になるようにと働きかけてくれるなど、どこまでもかれを気にかけてくれる知己のひとりであった。

奥方の回顧談によれば、由己はかれ藤原以粛《いしゅく》のことを深く愛していたようだ。かれにとっては思いがけないことであった。

翌朝、朝飯を馳走になり、夫の不意の死に涙する奥方を不憫に思い霊前に一首献じ、大村邸を辞した。

大坂湾から瀬戸内に出る船便に乗った。

潮の流れに掉さしながら、兵庫、須磨、明石、高砂を過ぎ、夜となり朝を迎えた。翌日もその翌日も快晴の日が続き、播磨の室津、那波、坂越などの港で小休止しながら、備後（広島県）の鞆《とも》の浦まで無事到着した。

鞆の浦で南海航路の帆船が出航するのを待つ。七月四日になってようやく乗船。

「美しいね」

「絶景かな、絶景かな、だよ」

「霊験あらたかだよ」

「心が洗われるね」

「それにしても、よくこんな秘境に観音様を建造したものだわ」

航海の途次、磐台寺《ばんだい》の阿伏兎《あぶと》観音を海上はるか彼方に望みながら、同乗の商人らしき旅人たちが歓声を上げている。

ここから航路を右に取れば、文禄の役のとき拠点となった肥前（佐賀県）の名護屋に向かう。因みに、かれは昨年ここを訪れている。左に舵を取れば、伊予（愛媛県）の興居島《ごごしま》に至る。

船は左に舵を切って伊予の興居島に着く。ここでまた一泊。翌朝、潮の順調な流れを待って、亥の刻（午前九時ころ）に出帆。青嶋に着きここでまた一泊。翌日四国の最西端である佐田岬半島中央部の三机《みつくえ》村に着く。さらに一泊。

七月七日、夜明けとともに出帆。佐田岬半島を西南へ。佐田岬を右に眺めながら、豊後《ぶんご》水道にぬける最も狭い海峡、豊後（大分県）と伊予の間、その両方の文字を一字ずつ取って名付けた豊予《ほうよ》海峡に入る。

船頭たちは神経をすり減らしながら気持ちを張り詰めて舵を握っている。これから瀬戸内の穏やかな海を出て、風浪の強い東九州の海岸を航行する。そして豊後の佐賀関に到着。ようやく九州の地に足を踏み入れた。

佐賀関に着いて一段落。船頭二人はここまでである。これまでの慰労にと酒席を設けた。

佐賀関といえば、関サバ、関アジなどが有名である。流れの速い潮と荒波にもまれて身が引き締まった美味な魚が水揚げされるという。酒肴《さけのさかな》がふんだんに楽しめる。宴席に話も弾む。

「そういえば、船頭たちの名前も聞いておらなんだな」

「へえ、あっしは賀右《のりすけ》と申します」

「あっしは勝蔵にございます」

船頭の二人は名を名乗って暫くして、なにやらもごもご聞いてくる。

「あなたさまは、身なりから察して随分偉いお方のようにお見受けいたしますが、どういうご身分のお方で？」

「そうだなあ、僧侶のような身分かな」

「ような身分とは？」

「昔は僧侶であったが、今は僧侶ではないのだ」

「では、今は？」

「何人か弟子がおってな。彼らに儒学という学問を教えて生計を立てている浪人のようなものかな」

「儒学ですか……。それは難しい学問なのですか？」

「仏様の教えとは違うものなのですか？」

「そうだなあ、人として真っ当に生きる道が説かれている。仏教とは異なるが、似たような道徳がやさしく説かれているものじゃな」

「やさしく、といってもあっしら仮名も満足に読めませんでな。難しいにちがいないものだわなあ」

「でもな、『仁・義・礼・智・信』といって、人を思いやること、己の信じることに忠実であること、礼儀を大切にすること、道理をわきまえること、約束を守ることなど、親子、兄弟、師弟、主従、君臣などの人間関係に当然必要なことを説いている道理なのだよ」

「ふーん。あっしらご先祖様からずっと浄土宗でございますだ。海の荒波が恐ろしく怖いものですから、もしものことがあっても極楽浄土に行けるって信じて、念仏を唱えておりますだ」

「その気持ちはわからんでもないが。来世のことを願うより、現世いかに生きるかを考える方が大事じゃないのか。もしものことが起こらないように工夫や努力をすることが大事じゃないのかね」

「……？　そうかもしれやせんね」

「難しい話はこの辺にして、さあさ、なにか楽しい余興でもしませんか」

商人らしき男が場を取り持つように話題を変える。

「ではあっしが、三味線を引いてお聞かせいたしましょう」

兵庫の龍野《たつの》生まれの友珍という酔客が、三味線を弾き始めた。

かれが引く三味線の曲に合わせて、みんなが歌い踊り、場が盛り上がった。


翌日夜明け前に、一回り大きい船に乗り換えて出帆。風が強く波が荒れるなか、船は九州東海岸沿いをゆっくりと進む。米水津、入津を経て、蒲江港《かまえこう》に入る。風景奇勝のこの港に一泊。

七月一〇日に日向の細島に到着。ここでも船長を囲んで楽しい宴会を催す。

翌日、九州の東海岸沿いを航行。穏やかな凪《なぎ》に揺られながら都井岬を過ぎて、志布志湾から内之浦湾へ。そして大隅半島東北部の内之浦にようやく到着。港を見渡せば唐船が停泊しているのが見える。

この船に乗れば憧れの明国に行ける。そう思うと、心が逸《はや》る。

だが、こっそり乗船するわけにはいかない。そんなことをすれば、たちまち密航の咎《とが》で逮捕されてしまう。

かれは内之浦に滞在している間、弥二郎という船長の父浄感の本宅に泊めてもらうことに決めていた。これはこれで楽しみが待っているのだ。弥二郎と浄感は琉球貿易や呂宋《ルソン》貿易で生計を立てている。琉球や呂宋の詳しい情報を聞けるかもしれない。

「琉球や呂宋はどんなところ？」

「そこではどんな言語が使われている？」

「中国の言語は通用する？」

「日本からの品物は何が重宝されている？」

「仏教を信じている人はいる？」

「儒学を学んでいる人は？」

「治安はどう？」

かれは立て続けに問い続ける。

これらの問いに、二人はあるときは即座に、あるときは考えながら、丁寧に対応してくれた。珍しい酒肴で歓待してくれたことも嬉しかった。ガラス製のグラスに注がれる葡萄酒も初めて口にした。世界地図も見せてくれた。

浄感宅での初日の衝撃的な晩餐と歓談。この機会を通してかれは世界の広大なこと、わが国の狭隘なこと、世界を見聞して初めて実の智を深めることができるのだということを改めて実感した。

七月一四日には、彦右衛門という男が、「ルスン琉球路程記録」という書物を持ってきてくれた。そこには、航海中に方角を見失ったときの緯度や経度を観測して現在地を確かめる方法など、ヨーロッパ伝来の航海術が記されていた。

七月一八日には内之浦を去り、陸路で大隅半島を北上し鹿児島湾に面した始良《あいら》に着く。

七月二八日、かれは隣町浜ノ市の富隈城《とみくまじょう》まで出かけた。前薩摩藩主島津義久と筆頭家老伊集院忠棟《いじゅういんただむね》に面会するためである。因みに、この富隈城は秀吉によって隠居を余儀なくされた義久が仮の住まいとして築いた屋敷ほどの城である。

かれはこの城で前藩主と筆頭家老の二人に会い、渡明の許可を求めた。

「以肅どののことはよく聞き知っているぞ。相国寺にて禅の道にも儒の学にも通暁されておる学僧じゃな」

「いまは儒の学に精進するつもりでおります」

「してなにゆえ、われわれに面会を求められたのでござるか?」

「はい、わたしは明国への渡航を願っております。そのご許可を賜りたいと存じまして……」

「なるほど、明国への渡航とな。してなにゆえ、明国へ行きたいのじゃ」

「はい、彼の地に渡って、宋代の儒学を学びたいのです」

「その儒の学とやらは明国へ渡らなければ究められぬのか?」

「そうです。わが国では漢代の儒学の伝統しかございません。宋代の儒学、朱子学を究めた儒者はわが国には一人もおりませぬ。書物も渡ってきておりませぬ」

「おぬしの言う漢代の儒学と宋代のそれとはそんなに違っておるのか」

「まことに、その通りなのです。わたしは宋代の朱子学に儒学の真髄があると考えております。彼の地はその原典の宝庫です。学匠もきっとおられるでしょう」

「おぬしのその決意はどれほどのものじゃ。渡航は危険も伴うぞ。彼の国へ渡っても目指す師も書も見つからぬかもしれぬぞ」

「元より存じのことにございます。いかなる艱難辛苦も覚悟の上にございます。どうか、ご裁可を頂きとうございます」

「そうか。そこまで決意されておるのか。どうじゃ、忠棟は？」

「殿の御意に」

「では、今はなにぶん隠居の身にて何ほどのこともできかねるが、以粛どのが密航者でないという証明書ぐらいは発行でき申そう。のう、忠棟」

「はい、そのようにさせていただきましょう」

「ありがたき幸せ。充分なるご配慮、ありがとうございます」

「今のわが国は戦乱に明け暮れております。罪のない弱き民百姓が苦しみに喘《あえ》いでおります。わたしはなんとかならないものかと思案に暮れております。そのために、彼の地に渡り、宋儒の学を修めたいと念じております」

「よ〜くわかった。立派な心掛けじゃ。心して行かれよ」

前藩主と筆頭家老の二人から渡明の許可を得ることができた。これで堂々と明国へ出航できる。かれは意気揚々、薩摩半島の東南端山川港に向かったのである。

山川港にて明国定海《ティンハイ》への船便を待つ。八月初めに明へ渡る帆船はすでに入港していた。だが、すぐには出航できない。船頭は海上が見渡せる最寄りの標高二〇〇メートルほどの竹山に登って、毎日、潮の流れと風の向きを注意深く観察している。安全に航行するには、潮の流れと風の向きを見極めることが極めて重要なのだ。

ついに快晴で凪の穏やかな、出航に適した日が到来した。この日をしっかり留めておこうと、かれは筆を走らせた。

——文禄五（一五九六）年八月七日卯の刻、藤原以粛、明へ出帆す——

帆船は山川港を発ち、鹿児島湾から東シナ海に入り、ほぼ真っすぐ西方向へ進む。杭州湾に浮かぶ舟山《しゅうざん》群島の中央部に位置する定海へ向けて、穏やかな潮の流れに揺られながら帆走している。至って順調な航海である。

ところが翌日の早朝、天候が急変した。雲行きがたちまち怪しくなり暴風と豪雨。波の穏やかな海が突如凶暴な海へと豹変した。

大波のうねりが、海水を船中に半端なく流し込む。

帆布も暴風で右に左に大きく揺れる。

帆柱も風圧に耐えきれず、いまにも折れそうである。

帆船そのものが平衡感覚を失っている。

この帆船は、この暴風雨にどれぐらい耐えることができるのか。この暴風雨に抗《あらが》う帆船の強靭さと耐久力に任せるしかない。

人智を越えた自然の恐ろしさに、乗客全員、恐怖に打ちのめされた。丑の刻（午前二時ごろ）、船尾の方から凄まじい、なにかが破裂した爆音がこだました。

楫《かじ》の羽板が裂けて海に落ちたのだ。楫の装置一式が、船尾から離れて流れてゆく。楫というのは船の進行方向を定める装置である。楫を失った船は、もはや船とはいえない。

船はいっそう激しく左右に揺れる。海水もさらに激しく船中に流れ込んでくる。このままでは、船は転覆してしまう。

辺りはまだ真っ暗である。横殴りの強い風に足元をすくわれながら、水夫たちは総出で船頭弥二郎の指示に従って、帆柱を切り倒す作業を始めた。帆柱を船に結び付けている綱も切断しなければならない。

船本体を損傷させないよう、帆柱の倒れる位置を計算しながら慎重にかつ大胆に素早く作業しなくてはならない。寿命が何年も縮まるほど神経をすり減らす作業が続いた。

何とか終わった。これでとりあえず転覆の心配からは解放された。と同時に航行の自由も失われた。漂流を続けるしかなくなったのだ。

以粛はじめ乗客全員の、落胆の声が漏れ聞こえてきた。


ようやく明け方になって、高波もおさまり雨も小雨になってきた。

水夫たちの視界になにかが現れた。船長弥二郎の眼にもかすかに島影のようなものが見えた。乗客たちにもはっきりと見えてきた。

「島だ！」

船長も水夫も乗客も、もちろん以粛も、思わず叫んでいた。

靄《もや》がかかって見えなかった物影が、夜明けとともに眼前に出現したのだ。島、そう島が突如目の前に出現し、こちらに近づいてくるのだ。乗組員全員、歓喜の声を上げ、艀《はしけ》に乗り込んだ。そして海岸にたどり着いた。

その歓喜の瞬間から、鹿児島内之浦港への帰港まで、およそ一ケ年の月日を要することになる。

あとからわかったことだが、この島は鬼界《きかい》ケ島といって、かつては罪人を島流しする島であった。平安時代の安元三（一一七七）年、平氏打倒の密議（後年鹿《しし》ケ谷《がたに》の陰謀といわれた）が露見し、俊寛《しゅんかん》僧都《そうず》、藤原成経《なりつね》、平康頼《やすより》の三名が配流された島であったのだ。

以粛が長年抱き続けてきた、入明という夢は儚《はかな》く潰《つい》え去ったのである。

二

藤原以粛、永禄四（一五六一）年、播磨国三木郡細河村に、父為純《ためすみ》の三男として生まれる。七歳にして播州龍野の景雲寺に入り、初めに禅僧東明宗昊《とうめいそうこう》に、次いで文鳳宗韶《ぶんぽうそうしょう》に師事する。文鳳からは禅の修行の合間に漢文漢詩など学問全般を学んだ。文鳳の師は仁如集堯《じんじゅしゅうぎょう》。儒学にも精通した相国寺第九一代住職である。以粛の師匠文鳳は弟子以粛に、儒学の素養についても教え授けている。

以粛に禅仏儒学の教えを育んでくれた師は、残念なことに以粛が一二歳のとき病に倒れ若くして逝った。

時を経て文鳳の一三回忌に、以粛は師匠を偲んで絶句五首を詠んでいる。

その一首である。

——忌日に師匠を迎える　春風に揺られながら親しく接していただいた師匠のことを偲ぶ
深く慈しんでいただいた御恩はどんなに深い海底よりどんなに高い山より深く高いことでしょう——

師亡き後も学問に励み、景雲寺の蔵書をあらかた読み終えた以粛は、一五歳のころから向学心を一層逞しくして学びの場を相国寺に求めて、景雲寺と往還する日々を送るようになる。

相国寺塔頭《たっちゅう》普広院には首座《しゅそ》の叔父清叔寿泉《せいしゅくじゅせん》がいる。首座という役職は塔頭の中で住職に次ぐ職で、修行僧の筆頭格である。

「どうだ、以粛。禅の修行はすすんでおるか？」

「はい、寿泉様。座禅はわたしには少々苦痛の修行にございます。ですが、精進を怠らないようにしております。ところで、お声を掛けていただいたせっかくの機会です。是非お聞きしたいことがございます」

「苦しゅうない。何でも申せ」

「曹洞宗では、座禅の最中に心を『無』にせよ、といわれます。一方、臨済禅の場合、心を『無』にする必要はなく、いろんな想念を巡らせよ、と指南されています。なぜ同じ禅の教えなのに、こうも違うのか。理解に苦しんでおります」

「なるほど、難しい問いじゃのう」

「また臨済宗の場合、公案という禅問答を大切にしております。いわば解のない不条理な問いのように思えます。例えば、『隻手の声《せきしゅ》』などです。両手を叩いてこそ音が出ます。『隻手声あり、その声を聞け』とは、如何に考えを巡らせても理解が及びません」

以粛は、日ごろ疑問に思っていることを、ここぞとばかりに問い掛けてみた。

寿泉は優しく微笑みながら、懇《おもむ》ろに語りだした。

「宗派の違いこそあれ、同じ禅、以粛の言う通りじゃ。どちらも徹して修行に励んでみよ。徹するうちに必ず見えてくるものがある。それが、以粛自身の道となるのじゃ」

「……そういうものなのですか」

「それから公案というものは、どれも理不尽といえば理不尽。そういう問い掛けなのじゃ。解の見出せない、もやもやする問いに真摯に向き合い究極の思考の果てに人智を越えた悟りが待っている、と思うぞ」

「……」

相国寺に入門して二年が経った天正六（一五七八）年四月一日。

禅の修行に励み、漢学、漢文、儒学についても寸暇を惜しんで学んできた以粛に、思いもかけない凶報が飛び込んできた。

戦乱の世である。どんな事件が起きても不思議ではない。三木城主の別所長治が信長に叛旗を翻し、毛利側に旗幟《きし》を鮮明にしたのだ。そして一気呵成に、信長に与する細川荘の以粛の父為純《ためすみ》、長兄為勝《ためかつ》を急襲したのだ。奮戦空しく二人とも無残にも戦死。

この悲報を聞いた以粛は、景雲寺から取るものも取り敢えず実家に戻り、事件のあらましを知った。別所長治のあまりの非道な暴虐に呆然自失。父兄の無残な死にざまに我慢の限界を超えた。いつか必ず復讐すると心に誓った。

母と妹の無事を確認できたことが、なによりの僥倖であった。

「母上、お怪我はありませんか」

「わたしも、妹の君も大丈夫です」

母は元来気丈な質《たち》で、弱みは見せない。

「わたしは、これからのことが心配でなりません」

妹はまだ一二歳になったばかり。不安な気持ちを抑えきれないようだ。

「京の相国寺に叔父の清叔寿泉様がおられます。その方の許を訪ねましょう」

以粛は、母妹とともに相国寺を訪ね、叔父寿泉の世話になる段取りを整えた。

別所長治を何としても自らの手で倒さなければならない。以粛は思慮深い人であるとともに行動の人でもある。播磨方面で毛利の軍勢と戦っている秀吉の許に駆け付け、加勢を求めたのである。意外にも天下の武将秀吉が禅僧の以粛を諭したのである。

「慌てるな。時機を待て」と。

天正一三（一五八五）年、父と兄が戦死して早や七年。以粛も二五歳になった。相国寺の禅僧として一途に精進してきた。その学才は相国寺の域を越え、京都五山に広く知られるようになっていた。

早くも相国寺の塔頭鹿苑院の首座《しゅそ》に就任した。若くして大層出世したといっていい。

因みに、かれの叔父寿泉は、京都五山全体を統括する蔭涼職《いんりょうしき》という立場に登りつめている。

「近ごろわたしは、禅儒一致という思想について考えを巡らせております。寿泉様は、どうお考えでしょうか？」

禅儒一致とは、禅の教えと儒の教えはともに人間の生きる道を説いたもので、登る道は異なっても登った先の頂上は同じという考えである。

当時、相国寺はじめ京都五山の禅僧のなかには、儒学の書物を読みこむ僧もかなりいた。しかし禅儒一致の思想に傾く禅僧はそれほど多くはいなかった。

「わしは、それは邪説妄説と思っておる。仏法は、とりわけ臨済禅は釈尊の深遠な悟りに基づいたものだ。以粛、よいか。儒教や神道とは世界観がまるで異なっておるのだ」

「そうですね。釈尊の教えは、人間完成への修行を経て生老病死という人間苦からの解放、個人の救済に眼目があるのですね。ただ、戦国の世を平安の世にするための方法なり視点なりが、仏典からは見いだせないでいるのです。その点、儒教には『修身斉家治国平天下』などと、天下を治める手立てが簡潔に説かれております」

「以粛の言うこともわからぬではない。儒教の教えにも学ぶべきことはある。この相国寺にも、儒学を研鑽しておる禅僧は沢山おるでな。だが、おぬしも禅僧としての修行だけは忘れぬようにするのじゃぞ」

「はい、わかっております。禅僧として、民の苦しみに寄り添うことこそ最も肝要と存じます。釈門儒門を問わず、民に尽くすための学問を修めたいと念じております」

寿泉は、従来の仏教観を堅持している。それに対して、以粛は儒教の教えに共感するところがあって、「治国平天下」の実現を目指す観点から、禅儒一致の思想にも一理あると考えている。

この二人のあいだに生じた小さな確執が、やがて数年後決定的な思想的決裂を迎えることになる。

三

天正一〇（一五八二）年、本能寺の変の後、天下統一の動きは豊臣秀吉を中心に回り始めた。山崎の合戦で明智光秀を破り、賤ケ岳《しずがだけ》の戦いで柴田勝家を倒した。小牧長久手の戦いでは織田信雄と徳川家康連合軍と和睦、懐柔に成功した。翌年六月には四国の長宗我部元親を降伏させ、七月に関白に任じられ、九月に豊臣姓を賜る。

天正一五（一五八七）年五月に九州の島津義久を降伏させ、天正一八（一五九〇）年には関東の北条氏直を、続いて東北の伊達政宗を服属させた。

こうして天下を統一した秀吉は、今度は明国の征服を画策する。

秀吉は明を攻めるにあたって、「日本軍の先導役を務めよ」と認《したた》めた文書を朝鮮に送っている。

この文書を見た朝鮮国王は慌てふためいたに違いない。秀吉の征韓・征明の真意を確かめるために国使を派遣した。天正一八（一五九〇）年七月のことである。

朝鮮国使一行は七月下旬に京の都に着き、大徳寺を宿舎とした。正使は黄允吉《ファンユンギル》、副使が金誠一《キムソンイル》、書状官に許筬《ホソン》がいた。

副使の金と書状官の許の二人は、朝鮮の朱子と呼ばれた李滉《ホソン》門下で、朱子学を専門に修めた儒者である。

以粛は朝鮮国使一行と筆談する通訳者として招請された。

「これは朝鮮に昔から伝わる茶道具です。あなたに進呈いたします」

「これはありがとうございます。わたしも日本に代々伝わる扇子をお持ちいたしました。どうぞご笑納ください」

互いの贈答品を交換した後、正使の黄と副使の金はいきなり鋭い質問を浴びせてきた。真剣勝負の様相である。

「倭人は戦さが好きな民族なのか？」

「朝鮮に軍隊を派遣するつもりなのか？」

「秀吉とはどういう人物なのか？」

「秀吉を諫める忠臣はいないのか？」

詰問のような迫り方に一瞬たじろいだ以粛だったが、友好親善を図るためには、知りえたことはどんなことも、たとえわが国にとって不利と思われる情報も包み隠さず正直に伝えようと心に決めていた。

「わたしども倭人が特別戦さ好きというわけではありません。この一〇〇年ほどは世情が安定せず戦乱の時代が続きました。ですが、ようやく天下の統一がなり、これからわが倭国も平和な時代を迎えるはずです」

「おっしゃることはわかりますが、それは倭国内のことであって、明や朝鮮を侵略しようとしているではありませんか？」

副使の金は、それでは納得できないという表情である。

「残念ながら、それは本当かもしれません。秀吉公は貴国を属国化し、明国を征服しようと企んでいるでしょう。そして東アジア並びに東南アジア一体の貿易の利権を奪い取ろうと目論んでいるかもしれません。ただそんなおぞましくも、わがまま放題な我欲が実現するはずがありません」

「あなたは正直な方だ」

今度は正使の黄が、驚いた表情で頷《うなず》いている。

「わたしは戦さを憎んでおります。ないことを願わずにはおれません。戦国の世の果てしない戦さによって、民百姓がどれほど苦しんできたことか。国の礎となる民の声に耳を傾ける君主が出てきてほしいと願っています」

以粛が本音で、今の信条を語る。

「わたしども朝鮮の国でも同じです。戦さのない世の中を願っている人ばかりです。多くの人たちの願いがあって、『治国平天下』を説く朱子学が広まってきたのだと思います」

副使の金は朱子学者らしく、朱子学が国教となった朝鮮の背景を手短かに語る。

「なるほど、民の願い、ですか。戦いのない世を築くために朱子学あり、なのですね。わたしにとっては、とても新鮮な感覚です」

「わたしども朝鮮では、『平和への実践倫理』として朱子学を貴《たつと》んでおります」

書状官の許も、朱子学の専門家である。

「ところで、秀吉公を諫める忠臣はおられないのですか？」

正使の黄は、これが一番知りたいことだといわんばかりに聞いてくる。

「とても残念なことですが……」

「秀吉公の弟君豊臣秀長殿や茶匠の千利休殿、禅僧の古渓宗陳《こけいそうちん》殿など、貴国への侵攻に否定的な家臣はおられますが、秀吉公に直接諫言できるかどうか……」

ここでも以粛は、自らの信念のまま正直に事実を伝える。こうして、以粛と朝鮮国使一行との友誼が芽生え、互いに本心を吐露する間柄となった。


朝鮮国使の正使副使の二人は、わが国の戦意のほどをつかむために東奔西走。宿舎である大徳寺をしばしば留守にする。

書状官の許筬は、役目上留守を預かることが多かった。いきおい、以粛は大徳寺を訪れた際には書状官の許筬と筆談する機会が増えた。

以粛は、自らの今の心情を鮮明にしようと、

「わたしは、近頃、柴立子《さいりつし》という号を用いております。この語は、御存じのように『荘子（達生篇）』に由来するものです」

と、語り始めた。

「なぜあなたは、その号を用いられるのですか？」

許は怪訝な顔で尋ねる。

「柴立という語は、どの党派にも偏しない、中立の立場を表しています。わたしは仏者ではありますが、儒・仏・道の三教のどの教えも尊崇しています。また、わたしは倭人ではありますが、倭・朝鮮・明の三国、そのどの国の立場も尊重しています。そういう思いを持っているから、名付けたのです」

「あなたのそのお気持ち、よくわかりました。そして感銘いたしました」

「光栄なお言葉、ありがたく受けとめます」

「あなたは、まさに空を越えて、禅に言う『無』の想念に入っておられる。禅の悟りを得られた稀有の禅僧だと存じます。ところで、中国北宋時代の大慧《だいえ》という禅師をご存じですか？　かれは、座禅を旨とする『黙照禅《もくしょうぜん》』を現実逃避の邪禅であると厳しく批判しています。そして、悲喜こもごも、苦楽相和する日常の生活のなかで行う修行こそ、悟りを開く要諦であると主張します」

以粛が応える。

「大慧禅師のことは、よく知っております。『黙照禅』を批判して、『看話禅《かんなぜん》（公案禅）』を提唱した禅僧ですね」

「そうです。ただ黙して無に帰する禅は、仏の境涯を感得する悟りに至らないと指弾しています。師匠から不条理ともいえる難問（公案）を問い掛けられ、それこそ血反吐《ちへど》を吐くような思慮の行きついたところにこそ悟りがあると考えられたらしいですね」

許は儒者であるのに、座禅の学についてなぜこれほど詳しいのかと感心しきりの以粛に、こう問い掛けてきた。

「でもですね、『看話禅（公案禅）』にしてもです。悟りといっても、限りなく個人の救済に収斂《しゅうれん》する論理ではありませんか？」

禅僧の以粛自身も、日頃から思い悩んでいる疑念である。そこを指摘されたのだ。

許は、さらにこう続ける。

「朱熹《しゅき》は、『大学章句』のなかで、『修己治人《しゅうこちじん》』を説きます。修養によって徳を積んだ個人が人々を感化し世の中を治める、という意味です。朱子学では、天下国家をよく統治し、平和な社会を築く。その方途を明かしているのです」

以前の面談の折にも聞いた話である。

『治国平天下』を実現するための実践倫理……それが、朱子学なのか。以粛の身体中に激震が走った。

国使一行が入洛して約四ケ月が経った一一月七日。ようやく聚楽第において秀吉と会見する日がやって来た。日韓両国の認識に大きな隔たりがあって、この会見も確たる成果もないまま、国司一行は帰国の途に就いた。

以粛は、そのとき許に送別の辞を贈っている。

――あなたと対面して清談を交わしたこと、とても幸せでした。貴方の帰国に随ってわたしも一緒に行きたいと願うばかりです――

以粛は朝鮮国使許筬という朱子学者との出会いを通して、本格的に儒学への志向を強めたのである。そして、内心に秘めた思いを、こう記した。

――許筬よ、わたしはあなたの説に啓発され、悟りの境地に達することができた。もはや不立文字で経典も無用となろう。わが人生において新しい地平に立ったといえるだろう――

そしてそれ以来、号を朱子学の修養法にある『惺』（目覚めるの意）の一字をとって、惺窩《せいか》と改めたのである。

四

文禄元（一五九二）年九月二四日、秀吉は「唐入り」の令を発した。同年一二月二八日には甥の秀次に関白職を譲って、全軍の指揮にあたることにした。そして朝鮮侵攻を来年四月と決めたのである。

一方、関白職に就いた秀次は、相国寺に五山の詩僧を集めて祝賀の詩会を催している。

当時の五山僧録（五山の統括者）は、西笑承兌《さいしようじようたい》である。かれは、のちに秀吉の外交顧問に、さらには家康の政治顧問に就くなど、権力に阿《おもね》る俗僧といっていい。このときも関白秀次の顔色をうかがいながら御用文人と目される詩僧たちを集めている。その詩会の席に、惺窩も呼ばれた。

——なぜ、自分は招かれたのか。単に詩才を見込まれてのことか。かれらと同じように権力に群がる同じ人種と見なされたのか。それとも歌道の宗匠と称される定家の末裔という血統に与《あずか》ろうと利用されたのか。

ともあれ、詩の教養や学問は心の修養に資するものであって、自らの栄達のために利用すべきものではない。わたしは、自らを律する道徳倫理を持たない、権力者にすり寄る野心家たちとは今後一切同席しないと決めた。

朝鮮軍必死の抗戦と明国の援軍により、日本の侵攻は思うに任せない。そして文禄二（一五九三）年四月、秀吉は明国と和平交渉に入る。そして七月に休戦を迎える。

和平交渉が始まって一ケ月が経ったころ、惺窩は豊臣秀俊（のちの小早川秀秋）に随って肥前名護屋城に赴いた。秀次が主催する詩会への再度の誘いを断るのがねらいだったのかもしれない。

名護屋城というのは、肥前東松浦半島北端に面する朝鮮半島に渡る最短の場所に、秀吉が大陸侵攻の前線基地にと築かせた城である。

惺窩はこの城で、和平交渉のために来日していた明国使節と面談している。明国使は、謝用梓《しゃようし》、徐《じょ》一貫《いっかん》である。

「あなた方は、大明国の国使です。国命を奉じて来られていると存じます」

「その通りです。わたしどもは和議を講じ、明・朝・倭三国の平和を願って来日しております」

「倭・明両国王の思惑が錯綜しており、簡単な和平交渉にはなりますまい」

「倭国は仏教を、わが明と朝鮮は儒道を固く信じ、心の拠り所を持っている国です。真心を以って交われば、きっと家族のように仲良くなれるでしょう」

「明国のあなた方がその架け橋になってくれることを願わずにはおれません」

惺窩と謝用梓、徐一貫の明国使節との筆談は、両国の政治情勢、民衆の生活、仏教や儒教、学問の在り方など多岐にわたり、和やか雰囲気で友好的に進められた。今後の和平交渉に期待を持たせるものであった。


「たった今、あそこで明の使節二人と和やかに筆談していたのは、はたしてだれじゃ？」

「はー、たしか豊臣秀俊の許にいる藤原惺窩という禅僧にございます」

「禅僧にしてはというべきか、だからこそというべきか、儒学にも明や朝鮮の情勢にもずいぶん詳しいのう。あとでわたしの陣所に来るように申し伝えよ」

「わたしの陣所に来るよう」にと惺窩を招いたのは、徳川家康である。かれは朝鮮侵攻には参加していないものの、秀吉の機嫌を損ねないよう名護屋までは来ていた。

その家康がそのとき初めて惺窩の存在を知り、その学識の深さに惚れ込んだらしく、接見の機会を求めたのである。


「随分お若いのう。おいくつかな？」

「三三歳にございます」

「わしより二〇歳も若いのか。禅僧と聞いたが、儒学はいつどこで学ばれたのかな？」

「はい、まず相国寺にて禅儒一致の考えを。次に朝鮮国使が京の大徳寺に宿泊していたとき、その国使より学びました」

「で、どうじゃ。儒学という学問は、政治の要諦として学ぶべき理屈を説いておるか？」

「はい、人としての生きる道、君主としてなすべき道を、正しく解き明かしていると存じます」

「では、今度江戸に来て、わしにその儒学というのを教えてくれぬか」

惺窩は家康の求めに応じて、同年一二月江戸に赴く。そして、『貞観政要《じょうがんせいよう》』を講義することになった。

貞観政要とは、中国唐の第二代皇帝、太宗《たいそう》＝李世民とその臣下たちの言行録である。貞観は当時の元号で、政要は政治の要諦を意味する。

太宗は父を幽閉して、皇帝の座に就いた。非道の人物であったが、即位するとなぜかすぐに猛省。諫議太夫《かんぎたいふ》という官職を側近に置き、最善の皇帝になろうと自らを律する。この諫議太夫と太宗との間で交わされた、国家の在り方、皇帝のあるべき姿を記した言行録が貞観政要である。

惺窩はこの「貞観政要」を通して、政道の理想を説こうとした。かれはこの書にある、「あるべき政道の理想」を追求することが、権力を持つ者の要諦だと考えていた。

そして、家康に戦国の世に終止符を打ち、天下泰平の世を築く明君になってほしいという願いを込めて儒学の道を説いたのだ。

家康の方も民百姓の安穏な生活を築くために、あるべき政道の理想を惺窩から教えを請おうと懸命だった。

こうして、惺窩が家康に政道の道を説く講義が行われたのである。惺窩の江戸滞在中、浄土寺の近隣に一泊したことがあった。念仏を声高かに唱える僧侶の声を耳にして、思わず狂歌を詠んだ。


――愚かにも西とばかりはたのむかな　穢土に浄土はありけるものを――


現世逃避、来世礼賛。死後の西方浄土を念う　愚かなことよ。

今のこの苦しみに満ちた世を浄土にすることこそ　願うべきことぞ。

今やはっきりと、惺窩は現実の政治を説く儒学の教えを選び取ったようである。


翌、文禄三（一五九四）年三月一七日、江戸に在って京の母の訃報に接する。儒者として母の臨終を看取ることができなかったこと、誠に残念でならない。戦時のさなかに夫と長子を亡くし、ふるさとを捨てて、命からがら相国寺に身を寄せた母の心細さ、深い悲しみ、その姿は誠に不憫であった。

実は、今回の江戸旅に際して、母の病いが思わしくなく看護のため京に留まっていたのだ。逡巡するわたしの心を推し量って、母は「江戸に向かいなさい」と、背中を押してくれた。

これまでの母との思い出をひとつひとつ辿《たど》ってみて、涙が止まらなくなった。止めどなく泣き続けた。そして詠った。

――慟哭《どうこく》、端無し、樹樹の風――

惺窩は、母の喪に服するのを機に、帰洛の途に就いた。

母は敬虔な仏教徒であった。時宜を得て、仏道の体たらくを語ろうと思っていた矢先の旅立ちであった。釈迦如来のご在世当時、直弟子たち、迦葉《かしょう》も阿難も乞食の修行に明け暮れ、自らの欲望と闘った。それがどうだ、今どきの出家たちは。寺屋敷に金銀財宝を蓄え、艶やかな僧衣を身にまとい、民百姓を誑《たぶら》かすように偽善の祈りを捧げる。そんな僧侶たちの実態を亡き母はご存じなかったのだろう。

同年五月二一日、惺窩はいよいよ決心を固めた。おのれの生計の支えを失うことになるかもしれないが、叔父の相国寺寿泉に還俗を申し出た。

――われ久しく釈氏に従事す。然れども心は疑あり。聖賢の書を読みて信じて疑わず。道果たして茲《ここ》に在り。豈人倫外ならん――

「寿泉殿、折り入って、お話ししたいことがございます」

「なんじゃ、かしこまって」

「わたくし以粛は、これまで禅僧としての務めを全《まっと》うしてまいりました。ですが、いつも心の隅のどこかにわだかまりを感じておりました。釈氏の彼岸を求める姿勢には敬意を払ってまいりました。禅を通して、心の平安に至る道の重要なることも感得しているつもりでおります。

ですが、釈氏の此岸における思想性には物足りなさを覚えておりました。現実のこの苦悩の世を安穏な平安の世に変える。その論拠を示唆してくれる経典を必死の思いで探ってまいりました。自らも寝食を忘れ智慧を絞りに絞って思考を巡らせてもまいりました。何度も地獄の底に落ちたほどの思いもしてまいりました。その心の穴を埋めてくれたのが、儒の道でございました。自らの号も以粛から惺窩と改め、これから儒者として生きていこうと決心したのでございます」

「それは、……まことか、本心か。いずれはわが輩の蔭涼職《いんりようしき》の後継者にと期待しておったのに」

「わが冷泉家、藤原家、相国寺それぞれの系統伝統を、おぬしは虚仮《こけ》にすることになるぞ」

「相国寺の官職をすべて失うぞ。塔頭にも居られなくなるぞ」

「たちまち生活は苦しくなるぞ」

叔父寿泉が激怒したことは言うまでもない。ときには脅し、ときには宥《なだ》め、ときには透かし、なんとか翻意を迫ったが、惺窩の意志は固かった。

「わたしは、相国寺や京都五山の官職などの栄達を求めたことも、藤原家の再興を志そうなどと思ったこともありません。禅の道においても儒の道においても、自らの悟りと民の幸せと世の平安を願うばかりでありました。今後はいっそう自ら聞達《ぶんたつ》を求めず、儒の道を究めたいと存じます」

「……なんという不心得者が。今日只今より、おぬしを破門いたす」

こうして六月二六日、寿泉は惺窩に絶縁を宣告する。惺窩は相国寺の官職を剥奪され、居所を追い出された。

相国寺を追い出された惺窩は、近くの僑居《きょうきょ》に住いすることになった。このころから門人を集めて儒学、詩歌をはじめとする書を講義し、浪人として生計を立てはじめた。

門弟のなかには、竹田城主赤松広道、小浜藩主で歌人、北政所の甥にあたる木下勝俊（長嘯子《ちょうしょうし》）、豪商角倉素庵《すみのくらそあん》、医者吉田意安など、多士済々の人が連なっている。彼らが惺窩の生計を支えてくれた。そして文禄四（一五九五）年には、のちに惺門四天王のひとりと称される堀杏庵《きょうあん》が入門している。

その翌年、文禄五（一五九六）年七月、更なる儒学研鑽を重ねるべく儒の師を求めて、明へと旅立つのである。

第二章　姜沆《カンハン》

一

久しぶりに実家に帰った。全羅南道霊光郡《チョンラナンドヨンガングン》（朝鮮半島南西部）黄海の海岸沿いにある、とある田舎町である。何をする当《あ》てもない。生後半年のわが乳児龍《リョン》と三歳になったばかりの姉の愛生《エセン》の二人を連れての里帰りである。妻も育児から解放され、少しは気が休まるかもしれない。わたしも官庁勤めの煩雑さに気の滅入ることもあったが、休暇を取りのんびりする。そうすることで、妻やわたしは日頃の煩《わずら》わしさから逃れられるのではないか、と思って帰省したのである。

今日は子育ての手伝いをする。明日は父の畑仕事を手伝う。その翌日は海に魚釣りに出かける。そんなゆったりした休暇を満喫していた。

そんなある日突然、上司の李光庭《イクアンジョン》から連絡が入った。

——倭の賊軍が、ここ全羅南道に大挙して押し寄せてきた。それに迎え撃つべく明国の将軍楊総兵《ようそうへい》が、京師《ソウル》から三〇〇〇もの防倭兵を南道に派遣した、と——

いまにもこの地で倭との戦闘が勃発しかねない情勢なのだ。

李光庭自身は全羅南道で軍糧を調達する役を任され、わたしにはその軍糧の運搬を担うよう明の将軍から指示があったという。

わたしはあまりにも迂闊《うかつ》であった。のんびり休暇を満喫しているときではなかったのだ。国家の存亡に係る一大事なのだ。しかも急を要する事態である。取るものも取り敢えず戦場へ急いで駆けつけた。

倭の賊軍は前もって戦闘態勢を整えていた。先制攻撃が凄《すさ》まじい。わが軍は青天の霹靂《へきれき》、戦闘の準備もその気運も乏しいこと甚だしかった。

倭軍の先鋒はすでに南道を包囲して攻め立ててきた。わが将軍楊総兵はなんと敵前逃亡、城から逃げ出したのである。わが上司李光庭も部隊からこっそり逃げてしまった。

わたしはなんとしても戦い抜きたかった。そこで檄文を認《したた》め、義勇兵を集めた。祖国を救おうと数百人の勇者が集まった。しかしその勇者たちも、敵の予想を超える激しい攻撃に恐れをなして雲散霧消してしまった。わたしたちに残された道は、逃げ延びることだけだった。

この、あまりに悲惨な事件は、丁酉《ていゆう》年（一五九七年、慶長二年）六月から八月にかけて、わが故郷全羅南道全域で起こったことである。

九月一四日、賊はわが街霊光郡を焼き払い、住民を捕まえては虐殺を繰り返した。わたしたち一族は船に乗って逃げた。しかし、賊軍はすでにわたしたちの船が停泊している港に迫ってきている。

二三日の朝、海上の霧の中から怪しげな船が一隻突然現れ、近づいてきた。

「倭船だ！」

誰かが、叫んだ。

「海の中に飛び込もう！」

また誰かが、みんなを鼓舞《こぶ》するかのように、力を振り絞って大声を上げた。

わたしも、「それしかない。海に飛び込んで死力を尽くして逃げ延びよう！」と、妻や子、父や母に声を掛けて、水中に身を投じた。

だが、なんという皮肉。海岸近くであったため水深は浅く、わたしたちはたちまち賊軍に捕まってしまった。そして縄で縛り上げられた。

「ああ、こんな悍《おぞ》ましいことが……」

わたしと妻が思わず呻《うめ》くかのように叫んでいた。

わが幼い子龍と愛娘愛生が海中に投げ捨てられたのだ。泣き叫ぶ二人の声を耳にしながら、わたしと妻は泣き崩れた。こんな地獄絵図を誰が描けるのか。誰が想像できるのか。

実の子を、自分の眼の前で殺められる苦しみ。その苦しみに耐えてでも、それでも捕虜として生き延びなければならないのか。囚われた身体は縄で頑丈に縛られ、手足を動かすことすらできないのだ。

「生とは何だ、死とは何だ！」

そんな人間としての本源の問いに向き合いながら生き続けなければならないとは。

翌二四日、わたしは通訳に聞いた。

「わたしたちを捕らえたのは、どこのだれか？」

「伊予州守佐渡（藤堂高虎）様のご家来衆で、信七郎というお方だ」

「その信七郎というお方にお会いできないか？」

「少し待たれよ。確認して参る」

やって来た賊将は、いかにも威厳のある武将に見える。

「わたくしに御用があると？」

怪訝《けげん》そうにわたしの顔を覗き込んでくる信七郎に、単刀直入、聞いてみた。

「わが祖国の人たちの屍《しかばね》を、わたしは随分見てきた。倭軍は大勢わが同朋たちを殺めたのに、なぜわが一族を殺さないのだ？」

「あなたがたは身なりから察して、身分の高い官人のようだ。官人や文人、陶工などは殺めるな、日本に連行せよと、わが佐渡守様から厳しくお達しがあったのでな」

わたしたちを倭国に連行して何をさせようと企んでいるのか。わたしは底知れぬ恐怖に身も心も凍えてしまった。

数日後、妻の父とわたしの二人の兄は、連行される恥辱に耐えられないと、決死の覚悟で小舟を盗んで逃げだそうとした。だが、この試みはすぐに見破られ、わが一家はさらに監視の厳しい船に移された。

わたしたちを乗せた船は、全羅南道から黄海の海岸沿いに南へ、東へと航行し、釜山の西に面する安骨浦《アンゴルポ》の港に着いた。そこから倭国の対馬島へ、壱岐島へと渡り、長門州（山口県）下関まで来た。

そこからまた船で伊予州（愛媛県）の長崎に停泊した。ここからは陸路でひたすら歩かされる。歩いて川を渡ることもあった。

わたしたちは疲れ果てて歩くのもままならなかった。そんな姿をたまたま目にした倭人が、涙ながらに声を掛けてくれた。

「太閤様は、この人たちをこんなひどい目に合わせて、どうなさるおつもりなんだろう？」

「さあさあ、わが家に来て、握り飯でも食ってお休みなされ」

「ありがとうございます。御親切に。謹んで頂戴いたします」

わたしたち一家は、久しぶりの飯と茶を馳走《ちそう》になり、生き返った面持ちになった。そして、思った。

――倭国にも、わたしたちを分け隔てなく迎えてくれる人もいるのだ、と――

更に伊予の市街地を一〇里ほど歩き、大津城に着いた。ここで留置されることになった。

虜囚となって日本に連行された。海路、陸路とも地獄の日々。暗澹《あんたん》たる思いでたどり着いた伊予大津城。時の経過が随分長く感じられた四ケ月だった。年が改まって万暦二六（一五九八、宣祖三一）年の元日を、賊国の異郷の地で迎えた。

正月晦日《みそか》ごろ、わが国の水軍と明国の援軍の協力態勢がようやく整い、倭の賊軍を各地で打ち破った、という報に接した。ようやく希望の灯が仄《ほの》かに見え始めたのだ。

二月五日、対馬島の宗義智《そうよしとも》の家来一〇〇名余りが帰順したこと、その他の賊軍の部隊からも投降兵が相次いでいることなど、通訳が話してくれた。

しかし、戦況は一進一退。泥沼の様相を呈している。

わたしたち一家は、捕虜として大津城に留め置かれた。

大津城は高台の頂上に建てられた山城である。城を巡らすように川が流れている。荒《すさ》んだ気分を紛らすために、わたしはよく城の最上階に登って城下町を見下ろした。そして、遠く西北の方角を眺めながら、朝鮮のふるさとを偲んでは慟哭《どうこく》した。

何年も前から拘束されている同郷の虜囚のひとりが、わたしのところへ尋ねてきた。

「もし、ふたりで助け合えば、故国に帰ることができるかもしれませんよ」

脱走しようとわたしを誘った。

「それが叶うなら、願ったり叶ったりである。あなたの心意気に賭けてみたい」

と、わたしは即答した。自分ひとり助かりたかったわけではない。大洲に残す家族のことが気にならないわけでもない。自分が帰国して、官吏としての勤めを果たすことが家族のためにも国のためにもなるはずだと考えて決断した。

遂に、その日がやって来た。

五月二五日、賊の見張りが寝静まったころを見計らって城を抜け出した。西の海岸をめざして一目散に走り続けた。昼は藪の中に隠れ、夜行を繰り返す。

板島（今の宇和島市）のとある城郭にたどり着いたとき、わが家族や祖国を無残なまでに虐《いじ》め抜いた秀吉とその臣下に対して、罵詈雑言《ばりぞうごん》の文句を書き残しておこうと考えた。思いついた言葉を塀一面に殴り書きした。

――汝ら日本の君臣ども、理由《ゆえ》なき戦いを始め、罪のない国を征伐し、朝鮮歴代皇室の祭壇を破壊し、先王の墓を暴き、幼子を殺めるなど、鬼畜生の仕業か。人間の行いとはとても思えない。人類始まって以来、このような傍若無人の振舞いがあっただろうか。

汝ら好んで日月を祭り、釈迦を尊び、以て福利を求めているのではないのか。日月は両眼であり、民の善悪を照らし、幸を与えてくれるものではないのか。釈迦は民の師匠として殺傷を禁じ、民の幸を導いてくれるのではないのか。四海一家、朝鮮の民も釈迦の赤子ではないのか。

汝ら朝鮮の民を殺してしまった。日月も釈尊も、汝らの所業を許すはずがない。慶長元(一五九六)年の京を襲った大地震で家屋が倒壊し、多くの民百姓たちが圧死してもまだわからないのか。今年の大飢饉で多くの民が餓死するのを見ても、まだ懲《こ》りないのか。

愚かなる汝らに、ここに釈尊の経典をもって申そう。もし今悔い改めなければ、釈迦仏が汝らに危害を加えよう。そのとき後悔しても、とき既に遅しだ――

板島から西へ一〇里も歩いただろうか。瀬戸内の海岸沿いの草木に囲まれたくぼ地で休息をとっていた。たまたま一人の老僧が傍を通りかかり、わたしたちの存在を認めた。

「おまえさんたちは、ここで何をなさっておいでじゃ」

この老僧の瞳には、研ぎ澄まされた威厳とともにとても優しそうな輝きがあった。とても初対面とは思えない。若いころから一緒に学問研鑽に励んだ先達のようにさえ見えた。また、友の苦悩を取り除いて進ぜようという善僧にも見えた。

あるがままの自分たちの境遇を語っていた。

「実は、わたしたちは大津城内に捕虜として拘留された朝鮮の者です。なんとしても国へ帰りたい、その一心で逃げだしてきたのです」

「なるほど、話はわかりました。随分ご苦労されたご様子。豊後（大分県）までの船なら手配してあげられましょう」

老僧はわたしたちの境遇を不憫に思い、住持を務める寺院で人目に触れないように匿《かくま》ってくれた。そして、翌日、「船頭と船の手配ができましたぞ」と笑みを浮かべ、わたしたちにこっそり囁《ささや》いてくれた。

わたしたちは夜が更けてから、誰とも顔を合わせないように船着き場へと向かった。船に乗り込もうとしたその瞬間、なんという運命の悪戯《いたずら》か。佐渡守（藤堂高虎）の家臣たちが突然姿を現した。

わたしたちを見つけるや否や、

「朝鮮の逃亡者だ！」

わたしたちは取り押さえられ、大津城内に連れ戻された。この惨劇のあと、ますます監視が厳しくなったことはいうまでもない。

六月に入って、佐渡守が朝鮮の戦地から帰国した。かれの指示があったのか、わたしたち一家は大津城を出て大坂城に連れていかれた。それからさらに小舟に乗せられ、伏見城に移送された。伏見城に着くと、わたしたち家族は佐渡守屋敷内の大きな倉庫を住居にあてがわれ、厳しく監視を続けられた。

聞くところによると、賊魁《ぞくかい》秀吉が六月初めに重い病に罹り、八月一八日に亡くなったという。真偽のほどは定かではない。だがその情報が事実なら、長らく続いた戦乱にも終止符が打たれるかもしれない。わが一家の、祖国に帰還したいという願いも叶うかもしれない。一条の光が仄《ほの》かに灯った。

二

伏見城に連れてこられてから、倭国の内情と秀吉の動静を探ろうと、秀吉の家来衆や倭僧たちと面談するよう心掛けた。

そのひとりに、医師の吉田宗恂《そうじゅん》なるものがいた。わたしの知識をすべて吸収したいという想いがあるのか、かれの方からしばしば倉庫に足を運ぶようになった。あるときは、かれ自身の著書「古今医案《こきんいあん》」という医学書を持ってきて見てくれと言う。またあるときは、竹田城主但馬守赤松広道侯を紹介したいと言う。

伏見城周辺には、名だたる藩主の仮屋敷が軒を並べている。但馬守の屋敷もそのひとつである。厳しい監視下にある身であっても、さすがに藩主の屋敷を訪ねることは許された。但馬守は大名には似つかわしくない純朴で清廉な人物だった。年貢米の減免を行うなど、民百姓の暮らしを何より大切にする領主だと聞いた。わたしたち捕虜に対しても目立たないように、それとなく配慮してくれた。

「あなたは自領内の民百姓たちから敬愛されていると聞きました。わたしども虜囚の者にも優しく接してくださる。その優しさには、なにか確固たる特別な考えがあってのことでしょうか？」

あるとき、それとなく聞いてみた。

「わたしはいつも修己安人《しゆうこあんじん》を心がけております。その心があればいつの日か、治国平天下の代が実現できると思っておるのです」

「なるほど、あなたは真《まこと》の儒者のようです。ところで、儒学の教えはどこでどなたから学ばれたのでしょう？」

わたしの問いに躊躇《ためら》うことなく即答した。

「わたしのふるさと播磨国の先達に、藤原惺窩という大儒学者がおられます。そのお方から四書五経の講義をずっと以前より受けて参りました。近いうちにそのお方を紹介させていただこうと存じます」

「それは何よりありがたいことです。倭の儒学者と面談できるなど夢のようです」

翌日、さっそく面会の手はずを整えてくれた。

「藤原惺窩と申します。播磨国の生まれで京の相国寺という禅寺で臨済禅を学んで参りました」

「禅を学ばれた？」

「儒学の大家だとお聞きしたのですが……」

「そうです。臨済禅を学んでおりました。が、学べば学ぶほど、修行すればするほど、どこかしっくりこない、モヤモヤした想いに足掻《あが》き苦しんでおりました。あるとき、心の奥底から地響きに似た呻《うめ》き声のようなものが聞こえてきたのです」

「なんとも珍しい体験をされたのですね」

「わたしも驚きました。その声が徐々に明瞭になって、こう聞こえました。――個人の救済に収斂《しゅうれん》するは邪法。他者の救済を説く法こそ正法。来世に浄土を待つは邪道。現世に安穏を得るが正道ぞ――と」

「なるほど。あなたが常々、心の中で苦悶《くもん》しながら思慮を重ね深められてきた何かが言葉となって現れ出たのでしょうね」

「そうかもしれません。そんなわけで、儒学を究めようと考えた次第なのです」

「あなたのお話、心に染み入りました。ありがとうございます。ではわたしも少しこれまでのことを紹介させていただきます」

「どうぞ、お願いします」

「わたしの名は姜沆《カンハン》、字は太初《テチョ》と申します。全羅南道霊光郡に生まれ、二七のときに科挙に合格しました。学問の研鑽についていえば、朝鮮の朱子と称される李退渓《イテゲ》先生に私淑し、朱子学を学んで参りました」

「姜沆さまは佐渡守（藤堂高虎）のお屋敷に、捕われの身としてご苦労なさっています」

紹介の労をとってくれた広道侯がいかにもお気の毒なのです、という顔をしてみせる。

「はい、明国の将軍の許で軍の食糧を運搬する監督をしておりましたところ、突然、倭船に襲われ身柄を拘束されました。わたしたち家族は船に乗せられ、伏見まで連行されてきたのです」

「なんとも大変な思いを。よくご無事で伏見まで来られましたね」

惺窩も広道も姜沆に対して同情を禁じ得ない様子である。

「ところでわたしは儒学をしっかり学びたいと、渡明を企てたことがありました。乗り込んだ船が暴風雨に遭い、残念ながら所期の目的は果たせませんでした」

「そんなことがありましたか」

「そのとき思いました。わたしは明にも朝鮮にも生まれず、戦乱の代に生まれ合わせたこと、なんと不幸せなことか。明への渡航も叶わず、なんという運命の悪戯《いたずら》なのかと」

「よくわかります」

「いまも軟禁され苦しい思いをされているあなたにする話ではありませんね……」

「……」

こうしてわたしは、惺窩先生と、時間を見つけては密会の場を持つようになった。


あるとき広道侯を交えて三人が儒の教えのことで、こんな会話が弾んだことがあった。

「わが国では儒学といえば、漢代の訓詁が中心です。宋代の新しい儒学は話題にすら上りません」

広道侯が単刀直入に倭国の現状を悲観的に語り出した。

「広道侯、その通りです。漢儒がわが国に入って以来、その旧習は変わっておりません。嘆かわしいことです。わたしは独りで読書、思索を重ねてきました。そしてこう結論付けました。漢唐の儒者たちは孔子の教えをただ単に記憶し、空《そら》で暗誦するだけの技術を学んでいる。宋儒の学がなければ儒学は信じるにたる学問ではない、と」

惺窩先生は冷静に語り続けられた。

「惺窩先生、姜沆さま。お願いがあります。四書五経の経文を書写し、新たに宋儒の立場から訓点を付して、後学の徒に役立つものをつくっていただくことはできませんか？」

広道侯の懇願に、惺窩先生が応えられた。

「よく言ってくれました。是非やりましょう！」

「広道侯、あなたのその素直な志。そして惺窩先生、あなたの切なる願い。確《しか》と受け止めました」

そしてこの夜、わたしは、日記にこう記した。


――わが朝鮮国には、この三〇〇年の間、惺窩先生のような心の綺麗な人物がいたであろうか。われ、不幸にして日本に捕われの身となったが、この惺窩先生に逢えたこと、この上ない悦びなり――


同朋の虜囚たちにも加わってもらい、四書五経の書写と訓点の作業が始まった。

漢文と和文、どちらの言語も駆使できる儒者が協力して初めて可能となる。わたしが白文を正確に写し、惺窩先生が訓点を打つ。この作業をふたりで指揮監督しながら、同朋たちと惺窩先生の弟子らとが根気強く昼夜を分かたず行った。

この労作を仕上げるのに尽力してくれた惺窩先生の弟子は、医師の武田夕佳（のち道安）、同じく医師の吉田意庵（のち宗恂）、その甥で豪商角倉了以のご子息素庵氏らである。

思うに、惺窩先生は「四書」の中でもとりわけ「修身・斉家・治国・平天下」の政治思想を説いた『大学』や、人間の本性とは何か、徳とは何かを論じた『中庸』の訓点を楽しそうに取り組まれていたように思う。

この事業は半年の歳月を要してようやく成就した。製本を前にして惺窩先生は感極まって思わず涙ぐまれた。それほど倭国の儒学界にとって画期的なことであった。

三

「秀吉とはどういう武将だったのでしょう?」

わたしは惺窩先生や広道侯に、秀吉をどう思っているのか聞きだそうと問い掛けた。

広道侯は秀吉に仕えていた立場である。本心をそうそう気軽に吐露できない。口ごもりながらそれでも、

「朝鮮への侵略は大義がありませんでした。太閤秀吉様の我儘《わがまま》のなせる業《わざ》でありました」

真顔で語った。

それに対して、惺窩先生の舌鋒は鋭い。秀吉への遠慮や忖度など全くない。

「血気盛んなことは認めましょう。ですが、節操はない。筋は通さない。自分への甘言を好み、人の諫言は聞かない。全く凡庸《ぼんよう》の俗物でしたね」

一刀両断に切り捨てる。秀吉のことは心底憎んでいるのだと感じた。

「先生がおっしゃる通り太閤様には、家臣に意見を求めない。側近にものを言わせない。そんなところがありましたね」

広道侯も、少しずつ秀吉に対する思いを語り始めた。


こんな話題を振ってみたこともあった。

わたしが仄聞《そくぶん》した秀頼出生の噂について、である。

「ところで秀頼は実は、秀吉の子ではないという噂が広がっていますね」

ふたりがこの噂をどう捉えているのか、確かめてみたいと思った。

「そんな噂までご存じでしたか。わたしも聞いたことはあります。ですが、真相については知る由《よし》もありません」

広道侯は全く知らないと言う。

一方、惺窩先生はとても残念なことですが、と前置きして、

「正室の北政所にも一六人の側室にも、懐妊の形跡は全くありません。秀吉、五〇数歳にして、ただの一度もです。秀吉には子種がないと考えざるを得ないのでは……」

「別の理由からわたしも秀頼は実の子にあらず、と思います。秀頼が産声を上げたとき、出産に立ち会った女房たちが粛清されたと聞きました。真相を世間に漏らさないように抹殺したのではないかと思います。生きたまま火あぶりにされた人も斬殺された人もいたらしいですね」

秀頼が実の子でないに違いないと、わたしはふたりに投げかけてみた。

「秀頼さまの出生を受けて、関白職を譲った秀次さまは身の危険すら感じたようで、高野山に逃れ、剃髪出家されました。太閤さまはそれでも秀次さまを自刃《じじん》に追い込まれています。どう思われますか？」

今度は広道侯がわたしたちに問い掛けた。

「倭法では、死罪にあたる者でも、刀を捨てて僧侶になれば、通例では不問に付すはずです。なのに、秀次の屋敷を包囲して血縁者や部下まで一人残らず殺してしまったのです。その残虐さは目を覆うばかりです」

惺窩先生の憤慨される口調は尋常ではない。

「秀頼が実の子でないとわかっていたなら、秀次を自刃させてまでどうして実の子でない秀頼を跡継ぎにしたのでしょう？」

信じられない思いを、ふたりに聞いてみる。

「秀頼を跡継ぎにしないと、秀吉自身が秀頼を実子でないと公に認めた、ということになるのではないかと、心配したからではないでしょうか」

惺窩先生は思い切った推測を立てられた。

「ということは……、秀吉自身も、秀頼を実子ではないと知っていた。だから、その事実を認めたくなかった？」

いぶかし気に、わたしは尋ねた。

「おそらくそうでしょう。自尊心の人一倍強い秀吉のことです。自分の知らないところで、淀が他人の男に寝取られたなど、許されてよいはずがないでしょう」

惺窩先生は、明快に応えられた。

「秀頼さまを跡継ぎにすることで、豊臣家の安泰を謀《はか》られたのかもしれませんね」

広道侯も惺窩先生に同調するような発言をした。

「あるいは、秀頼をなんとしても跡継ぎに、という淀の強い意志に押し切られたのかもしれませんね」

淀を溺愛する秀吉ならあり得ることだと、わたしの思いを披歴した。

惺窩先生、広道侯、そしてわたし。三人は思いのたけを語り合った。

四

慶長五（一六〇〇）年二月九日、藤堂高虎佐渡守が家康の命を受けて伏見へやって来た。わたしは文を認め、佐渡守に届けた。

——戦さも終わったこと。いつまでも軟禁しておくわけにはいきますまい。いっそ殺してしまうならそれもよし。殺さないのなら一刻も早く釈放を許されよ——

佐渡守も思うところがあったのか。広道侯や惺窩先生、その他わたしに同情を寄せる方々の嘆願が功を奏したのか。わが一族の釈放が認められた。

広道侯、惺窩先生に早速連絡を入れ、出国の手配をお願いした。ふたりとも大変喜んでくださった。そしてさまざまな手を打ってくださった。

わたしはまず、船一艘を購入した。広道侯は不測の事態に備えて「帰国証明書」を発行し、銀銭を持たせてくださった。惺窩先生は船頭一人を雇い、対馬までの水路の案内をするよう手配してくださった。

わたしたち一族はこうして、家族一〇人と虜囚の同朋たち三八人、四月二日に倭京を出航した。船頭の手違いやら風向きが悪いやらで、五月一九日ようやく釜山に着いた。故国の空は真っ青だった。

第三章　赤松広道

一

雲海に浮かぶ「天空の城」として、近年観光客が後を絶たない竹田城。

標高三五三・七メートルの古城山の山頂に築かれた山城である。秋の良く晴れた朝の濃い霧が城跡を取り囲むとき、まるで雲海に浮かんでいるように見える。向かいの山の中腹にある立雲峡に登れば、まさに雲海に浮かぶ「天空の城」がそこにあるのだ。もちろんこの光景を観望できるのは天候次第である。

雲海に浮かぶ天空の城。人間界と自然界を結ぶ妙なる幻想的な絶景。若くして城主になった赤松広道が領民に寄り添いながら暮らした城郭から、城下の街並みを眺めてみる。

広道の代に築いたとされる古式穴太《あのう》流野面《のづら》積《づ》みの石垣遺跡を傍《かたわ》らに、非業の死を遂げたかれの生涯に思いを寄せつつ、城址をくまなく歩いてみる。

竹田城最後の城主赤松広道。いかなる人物なのか。いかなる人生を送ったのか。かれの事績を追跡する。

かれ赤松広道にはいろんな名前がある。広貞、広英、広秀、広通、広道、斎村《さいむら》政広などなど。通称として弥三郎、孫二郎とも呼ばれていた。藤原惺窩の門人の間では、赤松広道で通っていた。ここでは、その赤松広道の名で統一して記す。

かれは、永禄五（一五六二）年、父播磨龍野城の城主赤松政秀、母赤松宗家晴政の娘の次男として生まれた。幼いころから父の許で剣術、柔術、弓術、槍術など、武術全般にわたって厳しく教え込まれた。和歌、源氏物語などの古典や、論語などを教材として治政の学、いわゆる帝王学についても学識を深めるよう教え込まれた。そして、母の許で書道や茶道、箏《こと》などの教養について、姉兄弟らとともに躾けられ、稽古にも励んだ。

永禄年間当時は、播磨国一帯を統一する領主はいなかった。守護職にあった赤松氏宗家（母の実家）、父が起こした龍野赤松氏、別所氏、小寺氏などが、自らの城を築き、それぞれの地域を支配していた。そしてより大きな力を背景に勢力拡大を図る東の織田氏、西の毛利氏の、いずれかの傘下に組み込まれざるを得ない状況下にあった。

播磨国で勢力争いを繰り広げていた渦中の元亀元（一五七〇）年、父政秀は小寺政職《まさもと》と手を組み備前国を平定した浦上宗景との戦いに敗れ、領地の過半を奪われた。そして浦上氏の配下の者に毒を盛られ暗殺された。享年四二歳であった。

跡を継いだ長兄広貞もまもなく死去し、広道は若くして家督を継承することになった。当時九歳の年少であった。否応なく毛利氏の傘下に入ることになった。

天正五（一五七七）年一〇月より、羽柴秀吉は中国攻めを本格化させた。その手始めに播磨但馬方面の城を一挙に攻略しようと大軍を動かした。

一〇月二八日、播磨国の各地を攻略。続いて但馬攻略に向かい、岩洲城、竹田城と次々に落城させた。一一月二七日には、赤松政範の上月《こうづき》城を攻め、城主政範を自害に追い込んだ。城兵はいうに及ばず一族の子女たちも一人残らず殺害。そして一二月四日、秀吉はいよいよ赤松広道が城主を務める龍野城に攻め込む手はずを整えた。

秀吉に限らず、いかに武将といえども、元来人殺しが好きなわけではない。敵兵と戦わず誰も殺さずに降伏（落城）させれば、それに越したことはない。戦闘の前に使者を立て、投降を促す。龍野城攻略に際しては、四年後因幡国鹿野城主になる亀井茲矩《これのり》を使者に充てた。

「どうなされるか。戦って勝てる相手ではござらぬゆえ、投降なさるがよろしかろう」

「家臣たちと評議したきゆえ、一時ばかり時間をいただけますまいか」

広道には城主としての矜持《きょうじ》もある。戦って勝てないまでも一矢報いたい。生きて辱《はずかし》めをうけるより、一戦交えて潔い死に様を見せたいという武将としての美学もある。

だが、自分一人の問題ではない。我儘を通すこともできない。領民みんなの命がかかっている。家老たちはどう考えるか、かれらの考えも聞いてみたい。

「さて、どうすべきか。皆の率直な思いを聞かせてくれ」

「ここは、投降するしか道はございませぬ」

筆頭家老の丸山利延が間髪入れず、口火を切る。

「もし戦さが始まれば、殿一族だけでなく、多くの家臣の命が奪われます。また龍野城下の家々は焼き尽くされ、田畑は荒らされ、領民たちの生活は崩壊します。ここは隠忍自重《いんにんじちょう》、捲土重来《けんどちょうらい》を期すしか策はございません」

他の家老たちも黙って頷いている。

次席家老が、城主広道の命を心配して、尋ねた。

「殿のお命は…」

「心配いたすな。亀井殿は約束しておる。殿の命は保証するとな」

筆頭家老は、使者亀井茲矩との違わぬ約束であると、断言する。

「亀井某を信用して間違いないのでしょうか」

次席家老は、かなり心配している。

「これは亀井殿との約束に非ず。秀吉公との約束、ひいては信長様との約束である。心配するには及ばぬ」

筆頭家老は、自らに言い聞かすように断言する。

「所領はどうなるのでしょう」

長老の家臣が、赤松家一族のこと、城下の領民のこと、さまざまな思いを巡らせながら口を開いた。

「所領安堵を願い出たが、それは叶わなかった」

城主広道が、申し訳なさそうに、力ない口調で述べた。

「だが、城下の領民たちの暮らしはそのまま。城主が変わるだけで、そのまま守られる手はずである。たとえわたしに自刃の命が下されても城下の皆が助かるのなら、城主として本望と考えておる」

「秀吉公も、わたしどもが戦わずして降伏すれば、殿に危害を加えることはないでしょう。もし万が一のことがあれば、わたしもお供させていただきとう存じます」

筆頭家老丸山も悲壮な決意を覗《のぞ》かせる。

城下が戦火にさらされることはまずない。領民の暮らしを守ることも大丈夫、できる。これこそ賢王（帝王）がなすべき行動だと、広道は自分に言い聞かせた。

こうして赤松広道は断腸の思いで城主としての矜持を捨て、領民の命と暮らしを守る道を選んだ。秀吉軍に戦わずに降伏。龍野の城を明け渡したのである。天正五（一五七七）年一二月五日。広道、若干一六歳のときであった。

二

城を明け渡したあと、広道は平井郷佐江に蟄居《ちつきょ》することになった。城主の地位を剥奪されるということは、城もない家臣もいない家族が一緒に暮らす家屋もない。同居する家族もいない。おまけに禄もないと、ないない尽くしの暮らしが始まったのである。

それでも広道は捲土重来、希望は捨てていない。自らの手で旧領の回復と天下泰平の世を築くことを今も夢見ている。狭い家屋ではあるが、亡き父から譲り受けた将軍学・帝王学の書物は城の蔵から運んできてある。時間もたっぷりある。剣術や柔術など体も鍛えねばならない。領民の暮らしぶりを見て回ることも大事なことだ。今は見識を深め鍛錬を重ねる雌伏のときなのだと自らに言い聞かせている。

かれが蟄居する佐江村からさほど遠くない、おそらく一キロメートルも離れていない所に、景雲寺という臨済宗妙心寺派の古寺がある。ある日の早朝、広道は寺の門前をゆっくり丁寧に箒《ほうき》掛けしている青年僧の姿に見入ってしまった。そのなんともいえず身体全体から醸し出される高貴な凛々しさに心奪われ、思わず話し掛けた。

「あなたのこと、修行僧とお見受けいたしました。どのような修行をなさっておられるのでしょうか?」

「わたしは臨済禅の修行をしております。以粛と申す者にございます。なにゆえ、声を掛けられたのでございましょう」

「これは失礼仕りました。わたくし、去年の暮れごろより佐江の村に僑居しております、赤松広道と申す者にございます。人生、学び直しの旅を始めたばかりの者にございます。あなたさまの毅然とした凛々しい身のこなしに衝撃を受け、思わず声を掛けてしまいました。お許しください。して、どのような修行をしておられるのでしょうか?」

「人さまにお伝えするような特別なことをしているわけではありません。ただ、禅儒一如といって、禅の道と儒の教えを一体のものとして学び、実践しております」

「禅儒一如、ですか。それは天下泰平の国造りに結び付くものでございますか?」

「はい、そのように考えております。修己斉家治国平天下《しゅうこせいかちこくへいてんか》に至る修行のひとつと心得ております」

この日の語らいから、年齢の近い二人、赤松広道と以粛がお互いに心を許し、心からの交流を深めていくことになる。

三

天正八(一五八〇)年正月、秀吉は三木城に籠城する別所長治を二年の歳月をかけて降伏に追い込んだ。長治は城兵の助命と引き換えに切腹。以粛の敵討ちがこうして秀吉の手によって成し遂げられた。この報を聞いた以粛は複雑な思いであったに違いない。


同年四月、秀吉軍、播磨方面一帯の平定に成功する。

天正一〇年(一五八二)三月、中国攻めに着手。毛利輝元軍を攻略すべく、姫路を出発して、備中高松城を攻める。俗に「高松城の水攻め」といわれる戦さである。この秀吉軍の先鋒に、赤松広道の雄姿を見ることができる。

この戦さを時系列で整理すると、以下の通りである。

三月一五日、秀吉軍、姫路を出発。

三月二五日、高松城を取り囲む。

五月四日、水攻めの工事を始める。

五月二一日、水を引き入れる。

五月二八日、高松軍が困り果てたころを見計らって、城主清水宗治に和議を申し入れる。

六月二日、京都で本能寺の変。明智光秀に急襲され、信長自害。

六月三日、秀吉、「信長斃れる」の報を聞く。敵陣に情報が漏れないよう徹底した緘口令《かんこうれい》を敷く。

六月四日、秀吉、高松軍に形勢逆転不能なることを思い知らせ、城主清水宗治の自害を条件に城兵の安堵を保証。城主宗治自刃。

六月五日、秀吉、高松城を引き上げ、上洛への進軍を開始する。いわゆる「中国大返し」である。

このとき広道は、蜂須賀正勝部隊のしんがりを務める。

この後、六月一三日に、秀吉、山崎天王山で明智光秀に勝利。

だれより早く上洛し、光秀を打ち破った秀吉は信長の後継として怒涛の勢いで天下統一への階段を登っていく。

天正一〇年(一五八二)七月一六日、秀吉が主導して織田家継承問題と領地再編に関する清須会議が開催される。織田家古参の柴田勝家と対立する。

天正一一年(一五八三)三月、賤ケ岳の戦いで、柴田勝家を倒す。勝家と組んでいた信長の三男織田信孝、秀吉によって自害させられる。

天正一二(一五八四)年一一月、小牧長久手の戦いが終結。秀吉、信長の次男織田信雄・徳川家康連合軍と和議を結ぶ。

天正一三年（一五八五）六月一六日、四国平定の戦闘を開始。長曾我部元親、善戦空しく降伏。この戦さにも広道は、蜂須賀正勝の許で先陣を務める。

この戦さのあと、広道に論功行賞の沙汰があって、但馬国竹田城主に封じられた。龍野城を追放されて足掛け八年。龍野城五万三〇〇〇石に対して竹田城二万二〇〇〇石。領地も禄高も少なくなったが、それでも必死の奉公の甲斐あって城主の地位に返り咲いたのである。広道、このとき二四歳であった。

四

景雲寺の門前で出会った青年僧、以粛とはその後、文のやり取りを通して交流を深めてきた。「貞観政要」を読むようにと強く勧められた。中国明代に書かれた、政道の理想を実現するための指南書である。何度も読んだ。

心に沁みる文言はこれである。

――君たるの道は必ず須《すべか》らく先ず百姓を存すべし。若し百姓を損じて以て其の身に奉ぜば、なお脛《はぎ》を割《さ》きて以て腹に啖《くら》わすがごとし。腹飽きて身斃《たお》る。若し天下を安んぜんとせば、必ず須く先ず其の身を正すべし――

領民あっての領主である。明君たるもの、まず百姓・民の幸せを第一に考えよ、である。

――君の明らかなる所以の者は、兼聴すればなり。其の暗き所以の者は、偏信すればなり――

独善的な言動は現に慎め。家臣の意見が己の意見と異なったとき、家臣の意見に耳を傾けよ、である。

このふたつの箴言《しんげん》を、広道は肝に銘じている。

そうして、広道は「貞観政要」の教えを基に、領民に寄り添う治政の実現に奔走する。ある秋の朝、いつものように城下をくまなく歩いて領民の暮らしを視察していた。

そろそろ稲刈りの季節である。お百姓たちが笑みを浮かべて稲刈りしているものと思っていた。が、そうではなさそうだ。稲の収穫に励んでいるひとりの男に聞いてみた。

「今年の刈入れはどうかね」

「これは、お殿様」

聞かれた男は、新しい城主が自分に声を掛けてきたことにびっくりしたようだ。おどおどした様子を見せている。口ごもりながら、それでも思い切って何かを訴えるかのように口を開いた。

「ここ何年も収穫は底をついております。それでも納める年貢は減りません。わたしども百姓は何年も白米を口にしておりません。稗や粟で飢えをしのいでいるのです」

「どうしてそんなことになるのか。精魂込めて米をつくった者が、その米を口にできないとは」

城主広道が、城下のお百姓の現状を聴き、絶句する。

「わたしどもには辛抱せよ。年貢米はきっちり差し出せとおっしゃるばかりです。年貢米を減らしていただきとうございます」

「それに、三年前に氾濫した河川の堤防を改修する工事もいまだに進みません。城造りを優先して人手を出すように命をうけておりますゆえ、堤防工事が進まないのでございます」

傍にいる百姓たちが、米の収穫量が増えない理由を説明してくれた。

「よう言ってくれた。早速城に戻って、家老たちと相談いたす」

そう言い残して立ち去った。かれは家老たちと評議の上、結論を出した。

そして翌日、城下にお触れを出した。


——以降、但馬国竹田城下においては、年貢米の拠出について以下のように取り計らう。
（一）上田《じょうでん》地区は、とれ高の三割
（二）中田《ちゅうでん》地区は、とれ高の二割五分
（三）山間部は、とれ高の二割
以上、領民、庄屋、組頭に申しわたす。
但馬国竹田城主　赤松広道——

また堤防改修についても、速やかに家老に指示を出した。稲の刈入れが終わればすぐ工事が始められるように。人手が足りないようなら人夫をかき集めてよい。その日当は藩主が支払う。なにより河川の氾濫を防ぐことを優先せよ。城造りは堤防改修の完成後でよい。慌てることも焦ることも必要ない、と。

電光石火、農民の苦境を聞き知ったら即座に動く。まさしく「貞観政要」の「必ず須く先ず百姓を存すべし」を地で行く実践であった。

天正一四（一五八六）年、秀吉の天下統一の戦さも四国平定を終え、九州と関東東北を残すのみとなった。小休止の年となった。

広道はお陰で晴耕雨読の日々を送ることができた。天候のすぐれない日は、以粛に勧められた儒学書を読み漁る。晴れの日には家臣を従え城下をくまなく歩き回る。

広道の悩みは当時、領民たちの暮らしのことであった。堤防改修の工事は予定通り順調に進んでいる。年貢米の減免措置についても領民たちは大層喜んでいる。しかし領民の暮らしは一向に変わらない。

なにが足りないのか。領内を回っているとき絶えずそのことを考えている。米以外の野菜や果物など新しい品種の栽培をはじめてみてはどうかと考えてみた。農閑期にできることについては、百姓たちもいろいろ工夫を凝らして新しい作物を作ったりしている。それでも暮らしは豊かにならない。

堤防改修の護岸工事とともに、河川の氾濫を防ぐための植林も進めた。植林の作業を見て回っていたとき、ふと思いついた。桑の木を植林の樹木に使おうと。

かれが思いついたこと、それはこういうことだ。

秀吉は都で絹織物の産地として、西陣の保護に力を入れている。絹織物の原料は生糸である。生糸は繭《まゆ》の糸を集めて一本の糸にしたもので、繭は蚕《かいこ》の幼虫が桑の葉を食べて蛹《さなぎ》になる過程でつくられる。

ということは、生糸をつくるために蚕を育てる。そして蚕の食糧である桑の葉を育てる。つまり養蚕と桑の木の植樹。これを奨励することが今後、領国の重要な産業の礎になるのではないかと、帰納的に導き出された結論である。

京の西陣では大陸伝来の高機《たかはた》という技術を取り入れ、高級絹織物が生産できるようになったと聞いている。秀吉は、この高級絹織物を明や東南アジアへの輸出品にしようと企んでいる。

わが領国における新しい産業は、絹織物の生産に必要不可欠な養蚕をおいてほかにない。養蚕の振興こそ将来、わが城下を豊かにする戦略であると、確信した。

しかし、蚕や桑の樹々はすぐに育つわけがない。これらは近い将来のために考えた施策である。今すぐにも領民を豊かにする手立てはないものか。広道の思索は止まることを知らない。

これも城下を視察していたときのことである、朝来《あさご》町の神木畑のところに漆の若木が密集しているのに気付いた。漆といえば漆器ではないか。

そういえばわたしへの献上品のなかに漆器のお椀があったのを思い出した。見事な出来栄えであった。

「そなたは、漆器づくりで生計を立てているのか」

「いいえ、めっそうもございません。農閑期に造っているだけでございます」

「それにしては、なかなかのものであったぞ。どこぞで奉公しておったのか」

「はい、あっしが若かったころ、京漆器の工房で丁稚奉公をしておりました。茶道が盛んな都では、木地が薄く繊細な茶道具が好まれておりました。そのころを思い出して時間をこしらえて、お椀などの漆器を造っております」

「ただの丁稚奉公にしては、見事な出来栄えじゃったぞ」

「はあ、お殿さまはお目が高うございます。二〇年ほどかけて丁稚から手代、番頭になり、それから一〇年ほど経ったとき旦那さんからのれん分けしてもよいといっていただきました」

「なのになぜ、その申し出を受けなかったのか」

「はい、ちょうどそのとき運悪く、父母ともに病いが悪化し危篤状態になりまして、故郷の竹田に戻らざるを得なくなりました」

「では、ここ竹田で、漆器生産の工房を建てれば、京漆器に負けない竹田漆器といえるものを造ることもできそうだな」

「それは、……。お殿様が工房をつくっていただけるのでございますか。本当でございますか」

恐れ多いことと、しり込みしつつ、それが叶うならと、もじもじしている。

「嘘を申してどうする。竹田の特産品にすれば、わが領民も潤うぞ」

「そこまで、お考えいただけるのですか。それこそ望外の喜びにございます」

「して、そなたの名前は？」

「申し遅れました。わたしは権之助と申す者にございます」

「権之助とな、よろしく頼むぞ」

それからしばらくして、広道は実際に工房を建て権之助を頭領に何人かを雇って、本格的に漆器生産を着手させた。箸や椀などの食器類、茶道具、箪笥《たんす》・花器などの家具や調度品に至るまで生産できるようになった。


同郷の僧以粛とは、かれが景雲寺を離れて相国寺に修行の場を移してからも、何度か経世済民のあるべき道について指南を受けてきた。あるときは広道が相国寺を訪ね、あるときは以粛を竹田城に誘い、またあるときは有馬温泉の湯治場で養生しながら。

かれは禅僧の立場にあるものの、今は儒学とりわけ朱子学に傾倒している様子である。わたしにも、ある時期から四書五経の話をするようになった。戦国の世を治めるには孔子の教えが肝要だと考えているようだ。儒学が今の世を改める哲学だと確信している。

以心伝心、わたしの考えも徐々に儒学に染まっている。せめてわが竹田の領国だけでも治国平天下を実現させたいものである。そのためには、城下の隅々に至るまで儒教の教えを広く深く浸透させたい。

以粛にそのことを打ち明けた。

「以粛殿、わたしはあなたから、わが領内を治国平天下にするには、儒教の教えが肝要だと学んできました。で、その儒教を領国内に広く浸透させるためにどうすればいいのでしょう？」

「よくぞ、言ってくださった。あなたのその愚直なまでの姿勢こそ大切なことです」

「あなたをいつも心服しております。で、どうすれば？」

「わたしが思うに、まず城下の人がよく行き交うところに、孔子廟を建てるのです。それから、家臣たちに祭服祭冠を整えさせて、孔子を祀《まつ》る祭儀を行うのです。この祭儀を行うことによって、孔子の教えを領民に知らしめることができます」

「よくわかりました。祭儀を通して、儒学の教えを浸透させるのですね」

「そうです。それから、もうひとつ大切なことがあります。学び舎を建てることです。家臣の子弟や町人や農民の子弟にも儒学の教えを学べるようにするのです。竹田の未来を担う子弟を育てるのです」

「なるほど、治国平天下の課題は現在の喫緊の課題とだけ考えていてはいけないと……」

「その通りです。今も未来も、です。未来の理想を描きながら治政を行う。そのための学び舎です。儒学教育を通して良民を育てるのです」

「おっしゃることはよくわかりました。ですが今の竹田には、学び舎を建てる財源がありません。年貢米の減免は今の百姓には欠かせません。家臣にも窮屈な思いをさせているほどです」

「ではこうすれば、どうでしょう。学び舎を建てる代わりにお寺を使わせてもらうのです。住職たちには読み書きや論語を教授する役を担ってもらったらどうでしょう」

「うう一ん。なるほど。それなら財源を心配せずにすぐにもできます」

これら以粛の提案を受けて、広道は華美でも粗末でもなく、藩財政に負担をかけない範囲で、孔子廟を建て、質素ながらも盛大な祭儀を年に一度開催することにした。

また、藩の子弟教育にも力を入れた。できるだけ多くの子弟を学び舎で学ばせるために、町人や農民の子弟には、年貢米同様、家計に応じて授業料の減免を行った。

教える側の住職たちには、明の科挙制度を真似て、教える技術に応じてそれなりの手当てを支給した。

こうして広道は、以粛の教えに依拠して、領民の暮らしに資する経世済民の善政を行ったのである。

広道が竹田城主に封じられて一年が経過した天正一四（一五八六）年六月、秀吉は中国四国など西国の大名たちに薩摩の島津征伐を命ずる。いわゆる九州平定である。広道をはじめ播磨但馬方面の大名たちも、当然のように島津征伐に従軍するよう命じられた。

翌年三月には、秀吉自身が大軍を率いて大坂城を出て九州に到着。陣頭指揮をとり始めた。五月に入ると、圧倒的な戦力の差に怖気づいた島津領主義久はたちまち降伏。ここに秀吉の九州平定が完了した。

残るは関東、東北である。天正一八（一五九〇）年、秀吉は小田原城に北条氏を攻め、降伏させた。同時に東北の伊達政宗も降伏する。こうして秀吉の手で天下統一の悲願は完成した。

そして戦いの舞台は朝鮮半島へ。いわゆる文禄の役である。

天正一九（一五九一）年八月、秀吉は「唐入り」を翌春に決行すると宣言。肥前の名護屋に前線基地としての城を築くよう諸大名に命じた。広道も一〇月に、城普請のために名護屋に向かった。

翌年三月一日、秀吉は西国諸大名に朝鮮への渡海を命令する。

四月に、小西行長を隊長とする一番隊が、続いて加藤清正を隊長とする二番隊が釜山に上陸。早くも五月には漢城《ソウル》を攻略する。朝鮮国王宣祖《ソンジョ》は四月三〇日には漢城を脱出し、平壌《ピョンヤン》まで逃げた。六月には、隊長黒田長政率いる三番隊が一番隊と合流。合流軍が次々に北上すると、たちまち平壌も陥落。国王は奥地に逃げ出す始末であった。

ところが七月に入って、明の援軍が朝鮮半島に到着すると、李舜臣《イスンシン》率いる朝鮮水軍の抗戦もあって、戦いは膠着状態に。

広道はこの戦さを「大義なき戦い」と断じていたが、従軍しないわけにはいかなかった。城下の兵を八〇〇人ほど連れて六月に渡海。宇喜多秀家率いる九番隊に配属され、釜山から北へ侵攻する。広道にとって幸か不幸か、「御とまり所御普請衆」（秀吉が渡海したときに宿泊する屋敷をつくる仕事）の役目を担うことになった。要するに後方支援である。

文禄の戦いが二年目を迎えたころから、明の反撃が激化。それに加えて朝鮮の冬は寒い。兵糧も尽きている。わが倭軍の厭戦気分が募る。五月八日に小西行長と石田三成ら三奉行は明の講和使節を伴って帰国。講和交渉が続けられる中、日本軍は次々に帰国する。

一〇月に入って宇喜多隊の広道たちにも帰国の許しが出る。広道は、一一月一三日名護屋に着船。名護屋城に入って、思わぬ人と出会った。

同郷の、以粛である。

「お懐かしく存じます。朝鮮の戦役から戻って参りました」

「それは、それはご苦労様でした。大義なき戦さの従軍。苦しかったでしょうね」

「以粛様も大義がないとお考えですか」

「もちろんです。わたしには、太閤さまのお考えは理解できません。兵役に駆り出されて、異国の、罪もない人を殺めなければならない軍兵たち。なんのいわれもなく他国から侵攻されなければならない朝鮮の民衆たち。それらを思うにつけ、どんな理屈も成り立ちません」

以粛が太閤に、「さま」と敬称をつける。いつだれが二人の会話を聞いているかしれない。神経をとがらせているのだ。

「なるほど、わたしの中でモヤモヤしていたものが一気に晴れたような気がいたしました。ところで、以粛様はなぜ、この名護屋の地に来られたのですか？」

「この度の明との和平交渉のことはご存じですね。明の使節と筆談するようにと仰せつかりましたゆえ」

「それで、交渉はうまく進んでいるのですか？」

「それが思わしくありません。明の思いとわが国の思いが、なかなか……」

次の言葉がなかなか出てこない。

「それはそうと話は変わりますが、明国の学者たちが学んでいる儒学は宋代の朱子学というものらしいです。わが国では漢代の古い儒学書しかありません。かれらと筆談しながら、朱子学について深く学びたいと思うようになりました」

広道にはよくわからない深遠な何かがあるのだろうと思案するしかなかった。

その後広道は大坂へ赴く。大坂の屋敷で首を長くして待っている母や妻子と久しぶりの再会を果たした。

「お帰りなさいませ。お疲れさまでございました。よくぞご無事で」

「ただいま帰りました。わたしの方は朝鮮軍と直接銃や刀剣を交える場面はほとんどありませんでした。だから、身命に及ぶような危険な目には遭っておりませんが、食糧が底をついたときの飢えと、冬の寒さにはほとほと参りました。

それで、奥方殿。大坂での暮らしはいかがですか」

「はい、贅沢は言えません。こうして狭いながらも家屋敷を確保していただき、食べ物にも事欠きません」

「それは良かった。わたしが不在のあいだ人質のようなお立場でしたからね。わたしが帰国しましたから、竹田へ帰れるようにお願いしてみます」

太閤殿下の仲介で、五大老の一人である宇喜多秀家の妹君を娶ったのが六年前。妻は有力武将の家に育っただけに、腹が据わっている。少々のことでは動じない。わたしにはできた妻なのかもしれない。そして女児がひとり。近ごろは戦さに明け暮れたせいか、一緒にいる機会もほとんどない。不憫にも思う。竹田に戻れば、家族が団欒する時間もつくれたらと願うばかりだ。

年が明けて、広道は伏見城普請の任務を任される。同時に伏見城下に邸宅を建てることも許される。これらの建築に明け暮れ、竹田に帰って家族と一息入れたいというささやかな願いも叶うことはなかった。

五

文禄五（一五九六）年六月二六日早朝、伏見の邸宅にいた広道のところに以粛が訪ねてきた。

「何事ですか。こんなに朝早く」

「失礼をお許しくだされ。他の者には知られたくないので、朝早くに訪ねることになってしまいました。実は明後日、明へ向けて旅立つことに決めました。いつぞやこっそりあなたに話したことがありましたねえ。明には新しい儒学、朱子学が流行していることを」

「そのお話でしたら、よく覚えております。わたしが朝鮮の役から名護屋へ戻ってきたときですから、いまから三年前のことです」

「そうでしたね。あなたには、なんでも打ち明けているのですね。もしわたしの所在を尋ねる者がおりましたら、親しい仲間たちなら本当のことを仰ってもらって大丈夫です。が、そうではない、面識のない方からなら、知らないと突き放してください」

「わかりました。それで、大変失礼なのですが、長旅に係る路銀など大丈夫ですか？」

「大丈夫とまでは言えません。でもご心配には及びません」

「そうだと思いますが、わたしからほんの少しですが、お渡ししたいので少しお待ち願えますか」

広道はそう言って、蔵にある銀貨を巾着袋に詰めて持ってきた。以粛は申し訳なさそうに受け取り、広道邸を辞した。そして六月二八日、明へと旅立った。

この年、天変地異がしきりに起こった。特に三度の大地震に人々は恐れ慄《おのの》いた。まず七月九日に伊予で、三日後に豊後で、さらにその翌日一三日に京都伏見で大地震が発生したのである。このとき、伏見城の天守は上層部が崩れ、形を残さないほど無残な姿をさらした。東寺や天龍寺、大覚寺なども大部分が倒壊。秀吉が造営した高さ一九メートルの大仏も倒壊した。伏見の死者は全体で千人を超えたといわれている。大坂、堺、兵庫なども家屋が軒並み崩れたらしい。

この大地震を不吉な兆候と見た朝廷は、一〇月二七日に元号を「文禄」から「慶長」に改めた。

この年九月一日、秀吉は明の使節を大坂城に呼び、講和の最終交渉を行った。が、この交渉が不発。秀吉は再度、朝鮮への出兵を決断した。

翌慶長二（一五九七）年二月二一日、大名たちに朝鮮侵攻を再開する朱印状を発した。全国の大名たちが太閤秀吉の命に従い従軍。広道も他の大名らとともに渡海し、戦場へ。だが、先の役同様、大義のない戦いである。秀吉軍の士気は上がらない。したがって戦況は芳しくない。一部武将の部隊を除いて、厭戦気分が蔓延《まんえん》している。

翌年五月、広道は大将宇喜多秀家、藤堂高虎ら九番隊の武将たちとともに帰国の途に着いた。九番隊の立て直しを期して前線部隊の兵を増強するための一時帰国であった。

広道らは伏見の屋敷に留まり、増兵のための人集めに奔走していた七月のはじめ、藤堂高虎の屋敷に朝鮮の捕虜が移送されてきた。捕虜の数は三九人。一年前、全羅南道の戦いの折、一族で藤堂高虎の水軍に捕まったらしい。

一族の家長と思しき人物は、姜沆《カンハン》という。若くして科挙の試験に合格し、重職に就いた官僚だったらしい。三二歳という若さながら朝鮮ではよく知られた儒学者でもあった。かれらは、藤堂高虎の屋敷内にある大きな蔵の中で軟禁状態に置かれていた。

八月一八日、秀吉が突然伏見城で没した。この情報を得てから広道らは兵を募集することを止めた。朝鮮への再出兵の命が下る可能性がなくなった。

広道は隣家の捕虜として監禁中の姜汎のことが気になっていた。有名な儒学者であるという。一度話を聞いてみたいという衝動に駆られた。藤堂高虎殿に懇願して、姜汎を屋敷に呼んでもらった。

「あなたは、貴国では有名な儒学者であると聞き及んでいます。あなたの儒学は漢代以来の儒学ですか、それとも宋代の朱子学ですか」

「儒学についてかなりの見識をお持ちですね。儒学のことで、そんな質問をされたのは倭国に来て初めてです」

「恐縮至極です」

「で、あなたの質問には、もちろん宋代の朱子学です、とお答えします。近年、朝鮮でも儒学といえば朱子学を指すぐらいです。それで、あなたはどなたから儒学を学ばれたのですか?」

「わたしには、儒学を学ぶ上での師匠がおられます。藤原惺窩という大学者です。わが師も朱子学を学びたいと思われています。今度、是非紹介の労をとりたいと思います」

これらの会話は当然、筆談によるものである。広道の覚束《おぼつか》ない漢文力ではこれが限界で、朱子学の本格的な内容を語り合ったり論じたりということはとてもできない。

早速、惺窩に声を掛けた。全ての用事に優先して、惺窩は嬉々としてやって来た。型通りの挨拶もほどほどに、惺窩の方から儒教の根本経典とされる「四書」のひとつ「大学」にいう「大学之道」とは何を意味するのかと質《ただ》した。

姜沆は驚いた。倭国の藤原惺窩という大学者の該博さに。だが、その驚いた様を表情には出さず、朝鮮から持参した書物が詰み込まれた行李《こうり》から朱子の注釈書を出してきて応える。

「『大学』とは、博く学んで以て政を為《おさ》むべきを記せるを以てなりと解します。そして『大学之道』とは、学問の完成として修得すべき道のことをいいます」と。

「わが国には儒学書といえば、漢代のものしかなく、宋代の朱子学の書物はほとんどありません。もしよろしければ、あなたが所有している書物を借用して、広道侯や他の有志を交えて読書会をやりたいと存じます」

「もし、わたしの蔵書があなた方のお役に立てるのでしたら、たいへん喜ばしいことです。いつでもどうぞ」

「本当ですか。では、すぐにでもお願いしたい」

さすが惺窩である。姜沆との筆談でどんなに深い内容も通じてしまう。しかも即断即決。なにせ漢文の表現が難しすぎて、広道には理解が及ばないことも、どんどん進んでいく。

数日後早くも読書会が始まった。姜沆を中心にしての読書会であったが、惺窩との筆談という体裁である。惺窩がいなかったら進まない。惺窩はとても楽しそうだ。だが、広道たちにはとても難しくもどかしい。他の門下生たちも同じくもどかしく感じているようだ。

この形式でしばらく読書会は続いた。そして数ケ月を経過したあるとき、惺窩から四書五経に訓点を付してみてはどうだろうとの提案があった。

「訓点を付す」。それは広道が以前、惺窩、姜沆のふたりに懇願したことである。とても難しいことであるらしく惺窩は渋っていた。それを今回、困難を承知で「やりませんか」と提案してくれたのである。

通常、わが国の文人といえども、難解な漢文を読み解くのはきわめて困難である。広道はじめ弟子たちの願いに応えようと提案してくれたのである。


早速、四書五経を書写し、そこに訓点を付すという作業が始まった。赤松屋敷の一室で、昼夜を問わず続けられる。四書五経という膨大な書物を書写するだけでも大変である。姜沆ひとりではとても無理である。姜沆の一族のうち何人かを動員してもまだ遅々として進まない。一族総出で書写に励んでようやく成果が出始めた。並行して訓点を付す作業も行っている。惺窩を中心に漢語に長けた門下の文人たちで手分けして作業にかかっている。

赤松屋敷に設けられた読書会の会場が一転、翻訳の作業場に転じたのだ。惺窩の弟子たちには読書会以上に漢文の修得、儒学の研鑽に繋がっている。

かれらは昼夜を問わず寝食を忘れて作業に明け暮れた。ほぼ半年の月日が流れた。そしてようやく完了。訓点を付すことによって四書五経などの儒学書がこれほど読みやすくなるのか。かれらは刮目すべき一大事業をやってのけたのだ。これで、読書会が字義通りの読書会として再開できる。惺窩の門下生たちの表情は喜びに溢れている。

　門下生のひとり、吉田素庵が思わず叫んだ。

「これは、われわれだけの所有物にしてはいけない。国の宝となるものだ。世に出さなければならない」と。

　惺窩に懇願されたらしい。

　素庵は、安南国との朱印船貿易や大堰川や高瀬川などの開削を手掛けた角倉了以の息子。本人も父の跡を継ぎ親子二代にわたる京の豪商である。若くして惺窩の門弟となっている。本姓は吉田姓、本章では角倉ではなく吉田素庵の名で統一する。

「それはいい考えですね。倭国で儒学を学ぶのに、訓点付きの四書五経は素晴らしい教科書になると思います」

　姜沆が、間髪入れず賛同する。

「わたしたちにできることは？」

　広道がなんでもお手伝いできることがあればと、聞いてくる。

「金属製の活字を作り、枠に収めてインクをつけて紙に印刷する活版印刷機というものを使えば、大量の印刷が可能になります」

「それはどこで手に入れることができるのですか？」

「南蛮人が持っているようです」

「朝鮮の虜囚に印刷工がいるようで、かれらも持っているみたいですよ」

「ではそのいずれかを手に入れましょう」

惺窩は、すぐにでも取りかかりたいようである。

「わたしの方で、資金は何とかします」

素庵も早々に申し出た。豪商だけのことはある。印刷業に関心があるのかもしれない。果たして、かれはその後、印刷業にも力を発揮している。

六

慶長五（一六〇〇）年三月、姜沆らは藤堂高虎の軟禁状態から完全に解き放たれ、自由の身となった。そして四月二日には帰国を許された。念願叶った姜沆、わが国の儒学研究に多大なる痕跡を残して、帰国の途に着いた。惺窩や広道たちは寂しい感情を押し殺しつつ見送った。

「姜沆さんは、それにしても日本のことをよくご存じでしたね」

「情報通といってしまえばそれまでですが、とりわけわが国の国土のことは詳しかったですね。地図を地方ごとに書くことも上手でした」

「各地の武将のことも詳しかったですよ」

「それに一番驚いたのは、太閤様の極秘事項に関することです。秀頼様が秀吉様の実のお子ではないのではないかと。しかも実の父は大野修理ではないかという噂すらあると言われていましたね」

「そうでしたね。驚きました。誰からの情報だとは言われませんでしたが、かなり自信ありげでしたね」

「で、あなた方はどう考えられていますか」


姜沆ら一行が安全に帰国したという報告を聞いた六月のある日、四書五経の出版に関する相談に惺窩らが集まった。姜沆のことで話が盛り上がってから、秀頼が太閤の実子であるかどうかに話題が移った。

「太閤秀吉公には、正室寧々様以外に多くの側室や愛妾がいたことは誰もが知っていることですね。でも、一人の子も授かっていません。

医学的に考えてみましょう。五二歳まで多くの女性と寝室を共にした男がひとりの子も授からなかった。その男が一人の女性との間にだけ子宝に恵まれる。理解しがたいことですね。

しかも、淀殿が最初のお子鶴丸さまを身ごもったとき太閤殿下は五三歳。第二子秀頼さまのときは五七歳です。秀頼さまが太閤さまの実の子だというのは、わたしは無理があると思いますね」

こう言うのは吉田宗恂《そうじゅん》である。かれは医師の立場から、秀吉には子種がないと判断しているようだ。

「秀頼さまご誕生のとき、家臣たちも誰ひとり秀吉公の実の子であるとは信じていなかったようですね。では、誰が実際の父親なのか、いろんな憶測が飛び交っていたようです。有力なのが大野修理ではないかという説です」

この裏話を披露するのは松永貞徳《ていとく》。かれは秀吉公の祐筆者のひとりで大坂城にはよく出入りしている。いきおい大坂城内のことは他の者が知らないことでも知悉《ちしつ》している。日頃から家臣たちのひそひそ話をよく耳にしているのだ。大野修理が父親だというううわさを信じている。

「姜沆さんと同じ考えですね。大野治長だと」

赤松広道も、半信半疑ながらも、姜沆が言ったことを反芻している。

「都の商人の中にも淀殿の二回目の妊娠はあまりに不自然だという人が多いですね。聚楽第本丸南鉄門に、奇妙な妊娠であるという落書があったらしいですよ」

京を拠点に父とともに手広く土倉業などを営んでいる吉田素庵は京一円の情報に詳しい。そして続ける。

「本丸南鉄門に落書されるとはなにごとか、とすごい剣幕で怒りを露わにした太閤様は番衆一七人を磔《はりつけ》の刑に処されたそうです」

「何が不自然なのでしょうね。淀殿が秀頼公を懐妊されたことが？」

広道が尋ねる。

「理解が及びませんか。では、淀殿が秀頼さまを受胎した日に、太閤様と淀殿のお二人が同じ場所に滞在しておられて、同衾できたのかどうかを考えてみてはいかがでしょう」

「宗恂さま、お願いします」

「では、医学の常識を申し上げます。出産は受胎の日からおおむね二六六日前後といわれています。秀頼さまの御誕生は文禄二年（一五九三）八月三日です。したがって受胎の日は、前年の一一月三日ごろと推測して間違いないと存じます。

太閤様が一一月三日前後、大坂におられたかどうか、です。大坂におられなかったなら淀殿と同床できるはずがありません」

医師吉田宗恂が、不自然な懐妊といわれる、そのわけを説明する。

「わたしの聞くところによると、淀殿が六月に出産される予定だという情報が飛び交っていたらしいです」

その当時、豊臣秀俊に随伴して肥前名護屋に滞在していた惺窩も話題に加わる。

「なぜ、六月出産という噂が飛び交っていたのでしょうか。実際は八月三日なのに」

広道は怪訝な表情をして尋ねる。

「ご懐妊からご出産までの日数を計算すると、六月ご出産ということにならざるをえないでしょう。太閤様が大坂か京に滞在されていた時期に、ご懐妊としなければ計算が合わなくなりますからね」

宗恂が医師の立場で理路整然と応える。

「で、実際は八月三日！」

「なるほど、おかしな話ですね。辻褄《つじつま》が合いませんね」

広道は、一旦納得した様子を見せる。が、また首をひねりながら、

「淀殿が大坂ではなく、名護屋におられたのでは？」

「その可能性がないわけではありません。淀殿の動向については、わたくしの知る限りではありません」

宗恂は、淀殿が大坂を離れて名護屋に行くなどあり得ないと思いながら、不確かなことは言わない。

「太閤秀吉さまが、名護屋に向けて出陣された際、茶々さまも同行されたのであれば、一一月三日前後の受胎は不可能ではありません」

貞徳が淀の名護屋滞在説に異論を投げかける。

「それは、少し解せませんね。淀殿が妊娠を覚《さと》られたのは、おそらく年の暮れの一二月か翌年の正月に入ってからのはずです。

大坂城で出産されたことは皆の知るところです。間違いありません。では、淀殿はいつ大坂城に戻られたのか。厳冬の年の暮れか正月か二月に、身重の淀殿が危険を冒してまで大坂への長旅を敢行されるとは考えられません。また太閤さまがそれをお許しになるとも思えません。なぜ大坂に戻らなければならなかったのか。名護屋での懐妊説を首肯《しゅこう》することは難しいです」

親族のひとりとして、太閤秀吉と茶々の行動を具《つぶさ》に知りえる立場にあった木下勝俊が、当時を思い起こしながら語り始めた。

「太閤は、天正二〇（一五九二）年五月七日に聚楽第を出て、六月五日に肥前名護屋に到着しました。そして、朝鮮戦役の陣頭指揮をとっています。

この戦役の真っただ中の七月二一日に、関白秀次からの『母大政所危篤』という報が届いたのです。太閤は、ご存じのように、大急ぎで翌二二日には名護屋を発ち、八月二日には大坂に着いています。

残念ながら、大政所は太閤が名護屋を発った二二日に亡くなっていました。傷心の太閤が大徳寺で法要を営んだのが八月六日。わたしもその法要には参列しました。その後、しばらく太閤は何も手がつかないといっていいほど放心の体《てい》でした。気力を振り絞って、名護屋へ向けて大坂を発ったのが一〇月一日です。

実母の臨終を見届けることができず大きな傷心を抱えた太閤が、もしどこかで茶々と同衾したなら、その日は八月二日から九月三〇日の間ということになりますか」

さすが記録魔として名を馳せた勝俊である。事細かく正確に記憶している。

勝俊は諄々と説明する。

「そうして、大坂に戻った太閤は、恐ろしいことに、淀殿周辺の女たちの粛清を始めた。恐らく、淀殿ご懐妊の真相を知る女たちを抹殺しなければならないと考えたのでしょう」

貞徳も相槌を打つ。

「さらに、関白秀次一族を皆殺しにしています。これも、真実を知るかれらをそのまま生かしておくわけにはいかないと判断したからでしょうね。恐ろしいまでの執念です」

惺窩は秀次には好意を寄せていないものの、秀吉のこのときの非情さには畏怖の念を覚えたようだ。

「では、実の父親は大野治長だという噂についてはどうでしょうね？」

広道は、みんながどう考えているか聞きたい様子だ。

「大野治長の母は、茶々の乳母、大蔵卿局《おおくらきょうのつぼね》です。したがって、茶々と治長は乳兄弟にあたります。お互い幼いころから顔見知りだったわけですね」

勝俊が言う。

「でもこの噂は、ただの噂に過ぎないと思います。もしこれが本当なら、太閤が黙認するはずがないでしょう。大野治長はとっくに抹殺されていますよ」

貞徳は応える。

「太閤様のご気性を考えると、わたしもそう思います」

広道も同調する。

「わたしが聞き知っていることは甚だお恥ずかしいことですが、身内も同然の皆さんにはお伝えしてもいいと思います」

勝俊は、一同が卒倒しそうな驚愕の秘話を語り始めた。

「茶々はどうしても赤子が欲しかったのだと思います。太閤にその能力がないのなら、複数の男性と同衾してでも欲しかったのです」

「そういえば、民間には通夜参篭《つやさんろう》という仕組みがありますね。子が欲しくても授かれず夫にその原因があると考えたときに、夫婦で相談して行う仕組みです。参篭堂という建物のなかで、僧侶や陰陽師などが祈祷して、宗教的な陶酔が頂点に達したときに複数の男性と妻が愛し合うというものですね」

世間知に長けた貞徳が詳しく説明する。

「そうです。通夜参篭という民間の仕組みを利用して、茶々は鶴丸のときも秀頼のときも身籠ったのです。聚楽城か大坂城の城内持仏堂が参籠堂となったようです」

夜も更けて明け方まで、部外の者には決して聞かせられない豊臣家の秘話が語られた。

その場にいたのは、藤原惺窩、赤松広道、吉田宗恂、吉田素庵、松永貞徳、木下勝俊の面々であった。

吉田宗恂は角倉了以の弟で、祖父から続く医業を継いで医師となった人物である。後陽成天皇の病いの際、治癒に専念し、完治に導くなど名医として知られる人物でもある。甥の吉田素庵とともに惺窩門下のひとりである。

吉田素庵は、先に触れたとおり、角倉了以の息子。父の後継者として海運業、土倉業などを営む豪商である。宗恂の影響を受け、惺窩門下に入った人物である。

松永貞徳は俳人、歌人。母は惺窩の姉である。その縁で惺窩の門下となる。当時八歳とまだ幼かった息子尺五《せきご》は、のちに惺窩の門下四天王と称されたひとりで、惺窩学の後継者として京学派を樹立した人物である。

木下勝俊は、木下家定の嫡子として尾張に生まれる。父家定の妹が寧々《ねね》、秀吉の正室北政所。その縁で一九歳の若さで播磨国龍野城主となる。異母弟に、あの小早川秀秋がいる。

秀吉が起こした小田原の役に随行した際に著した「あつまのみちの記」には、勇ましい表現は全く見られない。まるで物見遊山に出かけるかのような表現に満ちている。その他の戦役、朝鮮戦役にも参陣しているが、戦人《いくさびと》の印象はまるでない。歌詠みの人である。

関ケ原の後、隠遁生活に入り、木下長嘯子《ちょうしょうし》と称し、東山に歌仙堂を建てるなど、歌人として暮らした。惺窩の門人たちとも親しく接した。近しい親族でありながら秀吉のことを野卑、野蛮と蔑《さげす》んでいたようである。

第四章　藤原惺窩《せいか》

一

「おかえりなさいませ」

「ただいま戻りました」

「大変な目にお遭いになりましたね。ご無事で何よりです」

「確かに、恐ろしい目に遭いました。明へ向かう船が暴風雨にさらされたときは、最悪でした。生きた心地がしませんでした。甲板にいると海に投げ飛ばされそうで、死に物狂いで帆柱にすがりついておりました。神仏のご加護か、暴風が和らぎ、何とか助かりました。船員たちみんなが必死で働いてくれたお陰で島にたどり着き、命拾いいたしました」

「鬼界ケ島という島でしたね。そこでもご苦労されたのですね」

「島ではそれほど苦労はありませんでした。島に到着した最初のころは、寝るところを探すのも食糧を得るのも難儀しました。でも、島民の人たちは、こちらが心を開いて近づくと、皆さん親切に対応してくれました。あなた方から潤沢《じゅんたく》なまでの銀銭を頂戴していましたので、生活に不自由はありませんでした」

藤原惺窩が帰京すると聞いた門下の弟子たち、吉田宗恂、吉田素庵、菅得庵《かんとくあん》、松永貞徳とまだ五歳になったばかりの松永尺五などが伏見桃山の船着場で待っていた。

「広道侯の姿が見えませんが、いかがなされたのでしょう」

ここ一年ほど浦島太郎状態の惺窩が、赤松広道の姿が見えないことを心配して聞いた。

「さすがにご存じないわけだ。広道侯は再度の出陣命令が出て、また朝鮮に渡られました」

「二度までも出陣なされたわけですね。ご無事を祈るばかりです」

文禄の役が一旦休戦したものの、和平交渉が上手くいかず、再び朝鮮への戦役、慶長の役が始まっていたころのことである。


慶長二（一五九七）年二月二一日、秀吉は再び諸大名に朝鮮侵攻の朱印状を発した。広道も命を受け参陣することになった。秀吉の思惑は外れ、戦況は一進一退。明・朝鮮連合軍の奮戦逞しく、対する日本軍の厭戦気分甚だしい。一部前線部隊を残して秀吉軍は一時退去することになった。翌年五月、広道たちも、約一年と四半年に及ぶ大義なき戦さに疲れ果て、一時帰国の途に着いた。

八月一八日、思いがけず秀吉が伏見城にて逝去。朝鮮へ出兵した部隊も続々と帰国し、朝鮮戦役は終了した。


「おかえりなさいませ」

「ただいま戻りました」

「大変な目にお遭いになりましたね。ご無事で何よりです」

同じような光景が思い出される。今度、帰ってきたのは赤松広道。迎えるのは藤原惺窩である。

「そうなのです。何度も恐ろしい目に遭いました。わが部隊は後方にいたのですが、後方とはいえ、辛いことがたくさんありました」

「よければ、その辛かったこと、聞かせてもらえませんか」

「そうですね。戦場で敵兵と一戦を交えることはほとんどありませんでしたが、山の中で虎と遭遇したことがありました。運よくわが部隊に鉄砲自慢の武将がおりましたゆえ、かろうじて助けてもらったことは忘れられません」

「そんなことがありましたか。虎と対峙するなど、わが国では考えられないことですね」

「それよりなにより最も辛く苦しかったことは、冬の半島の極寒と飢えです。戦いが長期戦になりますと、持参した食糧はすぐに底をつきます。本土から運んでくれた食糧もあったのですが、なにせ兵数が多く、すぐに無くなります。現地で調達できれば苦労はありませんが、出兵当初は敵兵に食糧を支給してくれる現地人などいるはずがありません」

「そういえば、敵との戦闘で命を落とすより、飢えの苦しみに耐えきれず死んだ人の方が多かったと聞いたことがあります」

「朝鮮の部隊も、それを狙っていたのかもしれません」

「それにしても、よくご無事でお戻りになれましたね」

「現地の農民たちと心を込めて話し合い、残虐な振舞いを厳に慎むよう配下の者に言い渡したことが、朝鮮の人々にも徐々に理解されるようになったのだと思います。わたしどもの部隊には少しずつ親切に接してくれるようになりました」

大地に生き大地を潤す百姓を大事にする広道の姿勢が、朝鮮の人々にも理解を得られたのだ。

「これから少し休息をとったら、儒学の真髄を学ぶことにも真剣に取り組んで参りたいと考えております」

「で、惺窩殿は、今、どこにお住まいですか」

「相国寺の近くに仮寓しております。門弟の何人かが支援してくれています」

「それならわたしの屋敷においでください。狭いですが一部屋、先生のためにご用意させていただきます」

「それは誠にありがたい。では、近いうちにお願いに上がります」

こうして、藤原以粛改め、藤原惺窩。京都伏見桃山界隈の赤松広道邸の一部屋を仮寓とし、本格的に儒者としての人生を歩み始めることになった。

慶長三（一五九八）年五月、惺窩、三八歳。朱子学の師を求めての渡明に失敗したかれは、渡海の旅を断念し書籍を師とする人生を歩み出したのである。

二

秀吉の死後、五人の有力大名「五大老」たちは、秀吉の遺言を遵守し豊臣家を支える体制を敷いた。徳川家康が伏見城で政務を担当し、前田利家が大坂城で秀頼の後見人として、この二人が大老の上首の地位を占める二頭体制が整った。いわゆる「秀吉遺言覚書体制」である。

しかしこの権力の均衡は長くは続かなかった。利家が亡くなった。これをきっかけに、家康は秀吉との約定などお構いなしに、他の大老たちと姻戚関係を結び、強固な権力基盤を築き始めた。家康の振舞いを苦々しく思ったのが五大老のひとり会津の上杉景勝と五奉行のひとり石田三成であった。

上杉景勝の家老に直江兼続《なおえかねつぐ》という知略家の武将がいる。かれは大坂から会津に帰る途次に、惺窩を訪ねた。家康と戦う大義名分を、惺窩から聞き出したかったのだろう。

兼続は一度ならず二度三度と訪ねた。惺窩は兼続の訪問の意図が十分すぎるほどわかっていたので、二度までは居留守を使って会おうとしなかった。だが、三度目は三顧《さんこ》の礼の故事もあり、逢うことに決めていた。ところが、三度目は本当に留守をしていた。

兼続は悄然《しょうぜん》として会津へ向けて立ち去った。惺窩は三度の求めがあったにもかかわらず逢わないのは仁義に悖《もと》ると、兼続を追いかけた。逢坂関で追いつき失礼を詫びた。

「大変失礼なことをいたしました。三度も拙宅を訪れていただいたというのに」

「いえいえ、こうしてわざわざ逢坂関までご足労賜るなど有り難き幸せにございます」

「して、御用件の向きは？」

「わたしがお聞きしたいことはただ一点、『絶を継ぎ傾けるを扶《たす》くるは、今の時に当たりて、まさに行うべきや否や』ということにございます」

なにやら禅問答のような問いを、兼続が惺窩に投げかけた。

「つまり、太閤秀吉さま亡き後、傾きかけている豊臣氏を扶けることがまさに今行うべきかどうか、ということでしょうか」

惺窩は、兼続の問いを解きほどいて、こう聞き返した。

「まことにその通りでございます。御存じかどうか。かねてより家康公の御乱心、ほどが過ぎると存じます。わが主君上杉景勝様と深慮の末、家康公を成敗しなければならないと考えるに至った次第にございます。ついては、その家康公御成敗に、公《おおやけ》の大義が成り立つかどうか、ご指南いただきとう存じます」

「う〜ん。家康公のことが好きかどうかを聞かれたなら、あまり好きではござらぬとお答えできます。しかし、かれが覇王（徳によらず武力や策略で国を治める王）かどうかと聞かれたなら、はっきりしたことはお答えできません。かれにも、もしかして遠大な王道の構想があるやもしれませぬゆえ。

それよりなにより、わたしは戦さが好きではありませぬ。いざ戦さが始まると、田畑が荒らされ食糧が略奪され、民百姓たちは塗炭の苦しみに遭うのです。そんな戦闘を繰り返してほしくないのです。おわかりいただけるでしょう」

「あなたのそのお気持ち、よくわかりました。でも、わたしどものような戦国武将には戦さはどうしようもなく避けられないものなのです。そのこともご理解ください」

こうして、直江兼続は家康と戦う大義名分を得ることなく会津への帰途を急ぐことになった。

一方、惺窩は家康軍と上杉景勝や石田三成らの軍が、やがて遠くない時機に天下を二分する戦さを交えることになるという暗澹たる思いを強くしたのである。

三

赤松広道侯が逝った。徳川家康の怒りにふれ自刃に追い込まれたのだ。ときに慶長五（一六〇〇）年一〇月二八日午前一〇時、鳥取の真教寺において。享年三九歳。

広道侯は、わたしが景雲寺で修行していたころから、かれこれ二〇数年にわたって親交を深めてきた知己である。人知れず生活の面倒もみてくれた恩人でもある。わたしのことを兄のように慕い、儒学の研鑽にも精励する求道者でもあった。その広道侯が逝ったのである。

竹田城主時代は、領民の生活を第一に考え、善政を施した。旱魃《かんばつ》などで米の収穫が芳しくないときは年貢米の減免政策を施した。竹田周辺の河川がよく氾濫すると聞けば、頑丈な堤防を築いた。養蚕業や漆器産業などの奨励もした。多くの領民から喜ばれる施政に徹した。

また、朝鮮から連れてこられた捕虜の姜沆の身を案じ、「四書五経」の翻訳作業などを通して、支援の限りを尽くした。彼が帰国できるよう物心両面にわたる真心の支援にも奔走した。わが国における唯一無二の藩主であったのだ。

そして何より、戦さが大嫌いな戦国の武将であった。家臣たちから多くの死傷者を出すことも、百姓たちの生きるすべである農地を踏みにじり塗炭の苦しみを味合わせることも、耐えられないと苦しむ領主だった。

かれの伏見の屋敷で、二人きりで語り合ったことが今も忘れられない。

「わたしたちは生まれた時代が間違っていたのかもしれません。あるいは生まれた国が間違っていたのかもしれませんね」

わたしの独白といってもいい呟《つぶや》きに、広道俟は怪訝な顔で問い掛けたことがあった。

「それは一体、どういうことでしょう?」

「わが国にも戦乱のない時代はありました。今ほど争いや戦闘が続く時代はなかったでしょう。明国や朝鮮国にはわが国のような戦さはありません。わたしは朱子学の盛んなそれらの国に生まれたかったと何度も思ったことがあります」

わたしは有体《ありてい》に当時の心境を語った。

「確かにそうかもしれませんね。あなたはこの国から脱出しようとされたこともありましたものね」

「そうです。それがわたしの悲願でした。明に渡って朱子学を究めたかったのです。でもその願いは、姜沆さんが充分叶えてくれました」

「わたしも、よく思います。戦乱のない時代に生まれ合わせたかったのはわたしも同じです。でも仕方がないと自分に言い聞かせています。今はこういう戦国の代です。この時代に生まれてきたのはだれの責任でもない、自分が自分で担わなければならない責務なのだと」

「なるほど。特にあなたは竹田の城主というお立場です。家臣や城下のみなさんの生命や土地を守らなければならない責任を強く感じられているのですね」

「それを思うと、その重圧に押しつぶされそうになることもあります」

「ところで、あなたはなぜ、戦うのですか」

わたしは、そのとき思いついたことをとっさに尋ねた。

「その問いは、姜沆さんにも聞かれたことがあります。なんの咎もない朝鮮の民を相手になぜ戦うのですか、と」

「で、どう答えられたのです？」

「残念ながら、戦うしかないのですと答えました。戦いに参加しなかったら、わたしだけでなくわたしの家族、家臣、領民など多くの人たちの命が脅かされます」

「なるほど。自分の意志でなくても、より大きな権力に従わざるを得ないと」

「そうです。わたしがいくら争いごとは嫌だと叫んでも、無論そんなこともできませんが、太閤殿が『戦さじゃ！』と号令を発せられれば、それに従わざるを得ないのです」

「戦国の城主というのは、因果なものですね」

「そうかもしれません。それも、自らの宿業として、というべきでしょうか。敢えて引き受けようと思っています」

「それで、家康と石田三成との戦いが起こったら、どちらにつくのか、どう考えておられますか」

「うーん……。その戦さが起こらないことを切に望んでおりますが、もしそうなったら、三成陣営に与することになるのではないでしょうか」

「今まで太閤秀吉さまに仕えてきたしがらみですか？」

「もちろんそれもあります。かつての主君太閤さまの後継であられる、まだ幼い秀頼公をお守りして戦う三成公の側に大義があるのではないかと思っています。それに加えてもうひとつ、内に秘めていることがあります」

「果たして、それは？」

「それは、今度の戦さを、戦国の世に終止符を打つ最後の戦さにしたいという切なる願いです。

室町幕府の衰退に始まった天下取りの戦さは秀吉公の天下統一で終了したはずです。秀頼公を中心とした豊臣方が勝利すれば天下は治まると思っています。そして、三成公には、わたしのその思いを伝えることもできます。聞き入れてくれるかもしれない、という微かな望みもあります。永年渇望してきた治国平天下の代が、もしかして実現できるのではないかと」

「戦いのない世の中をつくるために戦う、ということですね」

「二律背反というか、矛盾に満ちた論理なのかもしれません。でも、大きな流れというか、大きな権力に対して、わたしの力はあまりにも弱いのです。だからわたしは、わたしにできることを精一杯やるしかないのです」

四

慶長五（一六〇〇）年、世にいう天下分け目の戦い、関ケ原の役が始まった。

赤松広道は石田三成に味方して西軍に与する。関ケ原に先立つこと二ケ月前、細川幽斎の守る舞鶴の田辺城を攻略する陣列に参加した。ところが、田辺城の攻略は思うように進まない。

そんななか、九月一五日。関ケ原における戦いの火ぶたが切って落とされた。午前八時ごろに始まり午後二時にはあっけなく東軍の勝利で終了。

西軍敗北せりの報を聞き、広道は田辺城の攻撃をやめる。竹田城に戻って蟄居し、処分を待つことにした。

地方の西軍のなかには、戦闘をやめない軍団もあった。そのなかのひとつが鳥取城に籠城する宮部家臣団であった。

鳥取城攻略の首領は因幡鹿野城主亀井茲矩《これのり》武蔵守。広道が幼くして龍野城主であったころ、秀吉の龍野城来襲に際して、投降するよう説得に来た、あの茲矩である。

彼は関ケ原の役に際しては当初より東軍側に与し、関ケ原本戦にも参戦している。その後鹿野城へ戻って、鳥取城の攻略を始めた。思いのほか堅城であったため、陥落させるのに手間取った。そこで昔のよしみから、西軍方の広道に援軍の要請を行ったのだ。

「西軍が敗北して、そなたは蟄居していると聞いた。どうじゃ、わが軍とともに西軍の鳥取城攻めに加担しては？」

「なんということを。そんな理不尽な振舞い、わたしにはできるわけがござらぬ」

「だがな、よく考えてもみなされ。おぬしは切腹も覚悟していようが、家族や家臣たちの行く末をどうお考えじゃ」

「……………？」

「家康様も鬼畜生でもあるまい。人情の機微もお持ちの、度量の深い総大将であるぞ」

「おっしゃる通り、わたしは自らの命を惜しむことなどもとより眼中にありませぬ。しかし家臣のことは心配でなりませぬ。かれらの身が守られるなら、わが身の名声が汚れることなどどうでもいいのです。裏切り者と罵られようと、なんということもございません」

広道は家臣らが助命されるならと、鳥取城攻略に加担することを決めた。

この城攻めのとき、誰の仕業かは不明だが、民家に放火し城下を焼き払った者がいた。そしてその責任をなぜか、広道が被ることになってしまったのである。

そもそも戦さが嫌い、民百姓たちの安全に心を砕く広道が、そんな非道なことをするはずがない。これは亀井茲矩の讒言《ざんげん》に違いないのだ。この焼き討ち戦術は鳥取城攻めに手を焼いていた亀井の不埒《ふらち》な策謀であり、それをひとり広道に、その責めを負わせたのに違いないのだ。

広道は自刃を恐れてじたばたすることも、未練がましく言い訳することも、恨み言を言うこともなく、屹然《きつぜん》と、自刃の場に臨んだのである。

広道の自刃を知った惺窩は嗚咽慟哭《おえつどうこく》した。そして罪をなすりつけた亀井茲矩を唾棄《だき》し、切腹を命じた家康を心底恨んだ。

赤松広道を悼《いた》み、三〇首もの哀歌を詠んでいる。

――赤松佐兵衛佐《さひょうえのすけ》広道は、ゆかりあるぬしにて、もとより親しかりけるが、一とせ世の乱れしとき、亀井の何がし、しこちこと（讒言）により、つみなくして切腹せしが、年比《ごろ》ひめおきし（長年秘蔵してきた）書物など形見にのこして、文いとねんごろに書きおくりけるをみて――

広道に贈った哀歌の書き出しの文である。広道はなんら罪もないのに死に追いやられた。その無念さを、まず冒頭に記している。そして、わたし惺窩に送られた丁寧な手紙に対する返書を歌に託すことにしたのだ。

――かくばかり　終りただしき筆のあとを　みるかひもなくみだれてぞ思ふ――

自刃の間際においてもきれいに書いた筆跡に接して、その文面が涙で見られないほど、わたしの心は乱れている。

――身をこがす　ためしわするる亀なれや　ひとを儚《はかな》み夢になしつる――

亀の甲を焦がして行う占いの行為を忘れてしまう亀（亀井茲矩のこと）、つまり、人としてあるべき人倫の道を忘れる亀井のことだから、人の命を儚いものと軽く扱ったのだろう。

――立ちかへれ　をのれ寄せくる世を海の　磯べともなき波の濡れぎぬ――

帰ってきておくれ、寄せては戻ってくる海の波のように、磯部の辺りに。濡れ衣を被《き》せられたのだから。

三〇首、どの倭歌《やまとうた》にも、惺窩の広道への篤い思いが迸《ほとばし》っている。藤原惺窩と赤松広道。この二人の親交は、友情とか師弟愛とかの、ありきたりの表現では言い表せない深い絆で結ばれていたに違いない。

第五章　角倉父子――了以と素庵

一　素庵

織田信長が足利義昭を奉じて京の都に入った。そして畿内を制圧して天下統一の地歩を固め始めた。義昭は室町幕府一五代将軍に就いたのを機に、正親町《おおぎまち》天皇に改元の奏請《そうせい》をして、元号は永禄から元亀に改まった。

元号が元亀に改まっても戦国の代は相変わらず混乱の度を深めるばかりである。信長による天下統一はまったく予断を許さない。そんな混沌のなか、信長は浅井・朝倉軍が立てこもった比叡山延暦寺を焼き払うという、仏をも畏《おそ》れぬ暴挙に出た。

畿内はじめいたる処で、戦火が絶えない時代である。権力者が宗教的権威も文化的遺産も、百姓の田畑までも破壊し尽くす、暴力が何より優越する時代なのだ。

そんな時代の真っただなか元亀二（一五七一）年六月五日、わたしは京の西郊上嵯峨藤ノ木の屋敷で生まれた。嵯峨周辺は洛外ということもあってか、幸いなことに、わたしは幼少期から血なまぐさい戦闘を仄聞《そくぶん》することもなかった。

わたしの祖先は元々近江国に住まいしていたが、五世の祖徳春《のりはる》の代に、ここ嵯峨の地に移り住んだ。徳春は土倉・酒屋などの商いを手広く展開し、平穏な田園風景に囲まれながら、地域の人たちと友好的な関係を築いた。

わたしが幼いころ、父は家系図を傍に置き、祖先のことをよく話してくれた。代々の祖先は土倉・酒屋の家業を営みながら、漢方医学書の研鑽に励んだらしい。そして薬草を栽培し、廉価で販売。病いに苦しむ地域の人々を看《み》ることもあった。歴代足利将軍に侍医として仕えた時期もあったようだ。

高祖父宗臨《そうりん》は足利幕府の八代将軍義政の侍医として、次の曾祖父宗忠《そうちゅう》は一〇代将軍義稙《よしたね》の侍医として仕えたようだ。この二人はともに医業と並行して商いにも精を出していた。高祖父宗臨は土倉や酒屋を、曾祖父宗忠は土倉酒屋に加え、洛中帯座《おびざ》座頭職《ざとうしき》にも就いている。

帯座の帯は西陣を中心に織り出される織物のひとつで、帯座の座とはこの帯の販売を一手に仕切る同業組合のことをいう。西陣の機織工など帯の生産に携わる者が販売することは禁止されていたので、帯座の収益はかなりのものだったらしい。宗忠はこの座の頭領の地位に就いたのである。宗忠は、洛中一帯の織物業にまで商いを拡大したわけである。

この三人の祖先のお陰か、わが家は京の富豪のひとつに数えられるほどになった。

祖父宗桂《そうけい》は医師のひとりとして、天龍寺住持策彦周良《さくげんしゅうりょう》に随行して二度明国に渡っている。当時のわが国には珍しい品々を携えて帰国したと聞いた。

わが家にある秘蔵書の大半は、祖父がそのとき中国から持ち帰った書物だそうだ。医学書にはじまり、本草学書、算術書、「大学」・「論語」・「中庸」などの儒学書など膨大な書物を持ち帰った。

そんな高祖父、曾祖父、祖父のことを折に触れて話してくれた父了以《りょうい》は、代々の家業である医の道には進んでいない。土倉業や酒屋業に専念した。

そして「わたしには起業の夢がある」とよく語っていた。

「医術も人の病を治す大切な仕事である。だが、わたしはなにか別のことで人の役に立つ偉業をなし遂げたい」と熱く語っていた。その夢を実現するため、父は算術書や航海術書、土木書など、仕事の合間に読書に耽っていた。

父は、祖父宗桂の長子である。すぐ下に男子が二人いた。次兄は宗恂《そうじゅん》。医の道を選んだ。末の男は侶庵《ろあん》。医師にも商売人にもならず、儒学の道に進んだ。

わたしにとっての二人の叔父は、わたしが幼いころ同じ屋敷のなかで一緒に暮らしていた。わたしには父も二人の叔父もそれから祖父の秘蔵書も良き師であった。残念ながら祖父はわたしが二歳のときすでに泉下の客となった。なんの思い出も記憶もないが、代わりに膨大な蔵書がわたしを訓育してくれた。

わたしは商売の道を歩むか、医の道に進むか、儒学の道を選ぶか、悩んだことがあった。父はどの道に進めなどと無理強いすることはなかった。干渉することはなかったが、このことだけは厳しく諭された。

——人を捐《す》てて、己を益するなかれ——と。

わたしの名は吉田与一。家名は角倉。諱《いみな》は玄之《はるゆき》。晩年の号素庵の名が後世の人にはよく知られている。幼いころから、父と二人の叔父より学問万般に渡って厳しい薫陶を受けた。

父は一七歳の若さで母を娶《めと》り、翌年わたしが生まれた。わたしと父の年齢差一八。叔父の宗恂とは一三歳、もう一人の叔父侶庵とは九歳しか離れていない。年齢があまり離れていないせいか、どんなことでも遠慮なく話ができた。

祖父の書庫にあった儒教の書はほぼ読み尽くした。わからない箇所は、叔父の宗恂や侶庵に納得いくまで聞いた。

一八歳のときに、侶庵が相国寺の藤原惺窩先生のところに連れて行ってくれた。惺窩先生はわたしの稚拙な質問にも嫌な顔ひとつせず、丁寧に教えてくださった。その後、月に二〜三度は惺窩先生の許を訪ねた。

こうして一〇代後半から二〇代にかけて、父の土倉業などを手伝いながら、儒学や国学、医学や数学、土木工学などを徹して学ぶ日々を過ごした。

二〇代後半には、父が移り住んだ大堰川河畔北側、臨川寺東側の角倉屋敷の敷地内に古活字版印刷工房を設け、出版事業も手掛けた。これは惺窩先生や赤松広道侯、叔父の宗恂らの達《たっ》ての願いを叶えたものだった。

朝鮮戦役中、伏見に連行された虜囚のなかに姜沆《カンハン》という朱子学者がいた。姜沆氏と惺窩先生たちは日朝の国境の枠を越えて、対等の人間として心を拓いて対話を繰り拡げられた。姜沆氏に対する尊崇の念が芽生えたとき、惺窩先生が「四書」の注釈本を作ろうと提案されたのだ。そしてわたしに、印刷してもらえないかと懇願された。

二　了以

わたしは与一と長因の父である。名は吉田与七。後に角倉了以の法号で有名になった。天文二三（一五五四）年、洛外の嵯峨の地に生まれた。曾祖父・祖父・父と三代にわたり医学を究め、足利将軍の侍医を務めた。そんな由緒ある医業の家系に育った。だが、医の道に進めと強制されたことはない。わたしの意志を尊重してくれた。

わたしは医の家業を弟宗恂に譲り、土倉酒屋業を継いだ。私生活を厳しく律しなければならない医師の生活も、お上に仕える堅苦しい宮仕えも性に合わない。そう考えて自由の利く商人の道を選んだ。若干一七歳のときに従兄の栄可《えいか》の女佳乃《むすめよしの》を娶った。男の子が生まれた。与一と名付けた息子は、周りのだれからも可愛がられてすくすくと育った。穏やかな性格で、我を通すことも親に口答えすることもなかった。学問には素直に向き合い、商売にも真面目に取り組む孝行息子である。

わたしは、自分がそうしてもらったように、息子にあれこれ細かなことに口をはさむことはなかった。自ら考え、自ら判断する。それが角倉家代々の子育ての流儀だった。

ただ、このことだけは、しつこく言い聞かせた。

――人を捐《す》てて、己を益するなかれ――

わたしは土倉酒屋業の経営にあっても、自他共利の精神で、己の利益はそこそこにお客さんが喜んでくれることを心がけた。そして大きな社会貢献というか、世の中のためになる偉業をなし遂げたい、という夢を語り聞かせてきた。

妻佳乃には苦労ばかりかけてきた。不自由な思いをさせてきた。家族のことを気に掛ける暇《いとま》もなく、事業一筋の人生を送ってきた。

すでに齢五〇星霜。いまだに己の夢を実現することもその夢が何であるかを知ることすらない。論語にいう、不惑の境地に達することも、天命を知る智慧もなかった。

束の間の休息に、今までの罪滅ぼしにと思って、妻と連れ立って備前（岡山県）に行ってみた。和気川に通りかかったとき、どこか懐かしい、それでいていつもの何げない光景に不思議な感覚を覚えた。和気川の上流から下流へと、艜《こぶね》をゆったり漕いでいる船頭の姿を眺めていた。広沢池や大沢池、神泉苑などにたゆたう高瀬舟はなんども見ている。だがそれは浮かんでいるだけで、河川を渡るようには設計されていない。ところがいま眼前の艜は物資を積んで河川を走行しているのだ。

「これだ」——全身に電流が流れた。

嵯峨の家に戻ってから、早速、大堰川を遡《さかのぼ》って丹波保津川の探査を始めた。流れが急なところ、大岩が突き出ているところ、岩と岩の間隔が狭いところなど、航行に難儀しそうなところは何ケ所もあったが、開削すれば通航できないことはなさそうだ。現に筏《いかだ》も通っている。

それから数日かけて、丹波保津川から大堰川嵐山まで現地をくまなく見て回り、慎重に工程を練った。そして労働に携わる人数や日数、経費など、大まかに積算してみた。

——できる——

と確信した。

丹波から京への米穀や材木などの物資を、河川を利用して運搬する。人馬による運送から艀による運搬への改変、輸送網の改革、物流革命ともいうべき大変革だ。丹波や嵯峨の人たちには、大きな驚きと喜びを与えるに違いない。


反対がなかったわけではない。大番頭をはじめ雇人たちへの説得は大変であった。

「この大事業にはいくら経費かかるとお思いですか？」

「何人ぐらい人手がいるとお考えですか？」

「石工などの人手をどこから探してくるのですか？」

「あの大きな岩はどうして砕けるのですか？」

「流れに任せて舟を漕ぐことはできても、帰りはどうするのです？」

「走行する舟も造らなければならないでしょう？」

「それらの資金はどこから捻出するお心算《つもり》ですか？」

「お上が援助してくれるとお考えですか？」

「もし開削工事が失敗に終わったら、費やした資金は無駄になるのではありませんか？」

「開削工事が成功したとして、通航料や倉庫貸料など、いかほどの収入を見込んでいるのですか？」

「それらの収入で元金の回収が可能なのですか？」

「工事費用がいくら掛かっても、わたしどものお給金は大丈夫なのでしょうね？」

等々、それこそかれらの不安は多岐にわたった。自分たちの生活に支障をきたしかねない事業である。もっともな不安ばかりである。

わたしはかれらの不安を払拭するのに、できるだけ丁寧に説明した。雇い主であるという立場から強権的に命令することができないわけではない。だがそんな、ごり押しの手法には無理があると思っていた。これから工事の工程で、どんな不測の事態が起こるかしれない。土地の買収にてこずるかもしれない。人足に多くの死傷者が出るかもしれない。そんなときにも丁寧な対応が求められる。今の雇人たちを納得させる懇切丁寧な説明に心血を注いだ。

幸い、長年の商売による利益、直近の安南国との貿易による利益など、わが角倉家にはそれなりの蓄えがある。これまで蓄えてきた財産を活用すべき時機《とき》が来たのだ。

そして、

「できない理屈を数え上げるより、できる根拠を探してみてほしい」

「できたときの利用者の喜ぶ顔を思い描いてほしい」と、利他の商いという、わが角倉家の家訓を共有してもらいたいと訴えた。

角倉家の雇人たちへの説得がようやく済んだ。

だが他にも難題は、山ほどあった。

まず筏《いかだ》流し職人たちとの折衝である。かれらは丹波山城で伐採された木材を筏にして嵯峨まで運ぶのを生業としている。古くは奈良時代から行われている。舟が通るようになってもこの筏流しと共存していかなければならない。それだけではない。筏流しは例年八月から四月まで行われる。したがって、この筏流しの時期には開削の工事は筏流しと時間を調整しながら行わなければならないのだ。悠長に構えてはいられない。

了以が開削にかかる費用を積算していたある日、権造と名乗る馬借の頭領が訪ねてきた。

「角倉様のご主人はおられますかね」

「わたしが角倉了以と申します。わが家の主にございますが」

「あっしは丹波山城国から京の嵯峨一帯を治める馬借衆の頭領にございます。風の便りに、舟で大堰川を下れるよう河川の開削をされるらしいと伺いました。まことでございますか？」

物腰は柔らかく物言いも丁寧だが、口をへの字に曲げ怒りを抑えている様子が窺える。

「ご仄聞《そくぶん》の通り。大堰川の開削をまもなく始めますが……」

了以は、相手の表情などお構いなしに、いつものように淡々と返答する。

「では、あっしども馬借衆の生計をどうお考えか？」

権造は段々と詰問口調になってきた。

これまで丹波国から京への米やその他農産物など物資の運搬は、もっぱら陸路の馬借の人力に頼ってきた。大堰川開削によって舟による物資運搬が可能になれば、かれらの生活は成り立たなくなる。舟による物資の大量輸送という新しい企ては、従来の輸送請負業者の仕事を奪い、かれらの生計を脅かすことになる。

了以は自らの迂闊《うかつ》さに気づいた。そして、申し訳なさで恥じ入るばかりだった。

「わたしは日頃から自他共利を心がけ、人にもそのことを説いて参りました。物資の大量輸送は地域の人々の便益に資するものとばかり考えておりました。まことに浅はかでした」

素直に心から詫びを入れ、解決策を提案した。

「舟による運搬は、これまでにない新しい事業です。新しい仕事も生まれます。舟を操る船頭の仕事だけでなく、物資を舟に積み込む仕事、港に下ろし、倉庫に収める仕事、倉庫を管理する仕事など、多くの仕事が生まれます。当然、人手が必要になりますね。

どうでしょう。今まで通り馬借の仕事を続けられる人もおられるでしょうが、仕事にあぶれた人には新しい仕事をわたくしどもでお世話する。そういうことでどうでしょう」

「うーん。本当に保証してくれるのですね」

「もちろんです。ここに証書を認め、お示ししましょう」


難題は他にもあった。どこのだれに舟の建造を頼めばいいのか。穏やかな河川にたゆたう艜では保津川のあの激流に堪えられない。小型で船底が浅く浅瀬でも運航できる。それでいて少々の衝撃にはびくともしない強靭な舟、が必要なのだ。

了以がこの大事業を閃《ひらめ》いた備前国吉井川（岡山県）の舟の建造主に当たるしかない。直接交渉したが門前払い。埒《らち》が明かない。仲介してくれる人を探した。幸い、身近にいた。常寂光寺の住持、日禛《にっしん》和尚である。この和尚は一八歳の若さで日蓮宗本圀寺の一六世住持を務めた俊逸。究竟院《くきょういん》と号した。ときは方広寺大仏殿の完成をみた年の九月二五日、秀吉は自身の祖父母供養のための千僧供養会《せんそうくようえ》を行った。天台宗、真言宗、律宗、禅宗、浄土宗、時宗、一向宗、日蓮宗の僧たちは一堂に出仕を求められた。

日槇は不受不施の日蓮宗法を堅持すべきと主張し、秀吉の「出仕せよ」の求めを拒絶し、野に下った信念の僧である。

日槇はのちに角倉宗家が寄進した小倉山の山腹に常寂光寺を建立し住持になった。寺の住持と寄進者という関係から、以来角倉家とは親交を保っている。

中国四国地方を中心に布教活動に奮闘している和尚なら、伝手《つて》が見つかるかもしれないと閃《ひらめ》いた。

「かつて備前国の妙國寺に赴いたときのこと。牛窓の檀徒に舟夫がおられましてなあ。かれらなら、なにか、了以殿のお役に立てる伝手《つて》をお持ちかもしれませぬなあ」

「かれらとは今も懇意にされておるのですか？」

「もちろん、宗祖の御遺文集の解釈など、手ほどきさせていただいておりますぞ」

「では、どなたか紹介していただけませぬか？」

和尚は早速、備前国妙国寺の檀家総代来住《きしゅう》法悦《ほうえつ》への紹介状を認めてくれた。了以は牛窓へ赴き、来住一族の小太郎という人物に逢った。

「わたしがこの辺りの河川と船舶をとり仕切る長《おさ》にございます。かねてより舟の建造にも携わって参りました」

「なるほど。願っていた人に出会えました。早速で恐縮ですが、お願いの筋がございます。大堰川・保津川を航行できる舟の築造です。是非ともお願いしたいと存じます」

単刀直入、了以は必死に懇願した。

「わたしは保津川へは何度も行きました。筏流しの職人たちとも友誼を深めて参りました。保津川の激流に堪える舟の建造は至難の業と存じます」

小太郎は顔をしかめて、容易に首を縦には振らない。

「で、無理を押してでも、なんとかお願いできないでしょうか」

了以はいまにも頭を床にこすりつけるほどの低い姿勢で、お願いに務める。承諾してくれるまで京へは戻らない覚悟である。

そのひたむきな熱意が通じたのか、小太郎がしばらくして首肯《うなず》いてくれた。

「う〜ん。あなたの誠意に感服いたしました。なんとか頑張ろうと思います」

舟の建造にも一応の目処がたった。舟ができ、航路が開通した暁には、高瀬舟の操縦に手慣れた舟夫たちを連れてきてくれる約束も取り付けた。

翌年、息子素庵を江戸へ向かわせた。河川開削という土木工事には、次の難題として江戸幕府の認可が必要なのだ。幸いにも、弟宗恂が家康公の侍医として幕府に仕えている。

宗恂も「それは素晴らしい事業です。わたしにできることなら何でも協力しますよ」と幕府要人への橋渡しの労を快諾してくれた。

幕府要人も思いの外、迅速に対応してくれた。重臣本多正純、大久保長安の連署書状が届いた。書状には「古来より通すこと適わなかった河川に舟を通わす事業、これ庶民の願いである。早くそれをなせ」と記されている。

思い立ってから二年の歳月が流れた。慶長一一（一六〇六）年三月、いよいよ大堰川の開削工事が始まった。長年の夢が実現するときが来たのだ。

ところが、開削の工事は生易しいものではなかった。保津川の渓谷は巨岩がむき出しで川幅も狭く、流れは急で渦を巻く特徴を持っている。舟を通すのは容易ではない。

まず、巨岩を取り除かなければならない。水面下にある岩には浮き櫓《やぐら》を使う。轆轤《ろくろ》を使い、先端の尖った鉄棒を吊り揚げ、石の上に落として砕く。水面の上に見える岩は火で焼き砕く。砕けた岩は人海戦術で筏《いかだ》に載せて陸に上げる。

また、河川の水位を調節し洪水や低水を防ぐために、河川の分流点に分流堰《せき》を設けなければならなかった。大変な作業が連日続いた。

この開削工事中、予測できなかった事態に幾度も遭遇した。巨石の下敷きになって行方不明になった者、溺れ死ぬ者、火薬の爆破によって犠牲になった者など。悲しい出来事が何度も起きた。その都度わたしは、真心こめて焼香をあげ、遺族を弔った。お金で解決できるものではないが、弔慰の金子《きんす》は申し訳ないという思いを込めて弾んできた。

石切り石工や人足たちはまさに死を賭して奮闘してくれた。連日大岩の石切りに石工二七〇人、人足一五〇人を要する大工事であった。三月に始めた工事がなんとか八月には完成。長年の悲願というべき偉業が遂に成就したのだ。

翌年、幕府から富士川の開削を行うようお達しが出た。駿府に居城を移した大御所様の意向で、甲府盆地の鰍澤《かじかさわ》から駿河湾河口の岩淵まで水路を整備して通船できるようにせよ、というものである。富士川はわが国三大急流のひとつ。総距離七二キロに及ぶ大工事である。大堰川とは比較にならない困難を極める工事となる。嵯峨から開削工事の熟練者を連れてきて、地元の駿府の人たちも大勢雇い入れた。わたしも現場近くに住まいを移して工事に当たった。開削者たちの多大な労苦の末、何とか年内に完成した。

わたしの開削事業はすこぶる評判が良かった。駿府の重鎮筋を通して豊臣の大坂方にも評判は届いた。

※

太閤秀吉公の菩提追善を名目に、慶長伏見地震によって倒壊した方広寺の大仏を再建してはどうかと、駿府の大御所家康様は大坂方を唆《そその》した。大坂方の淀殿、秀頼殿らは大御所様の計略を見抜くことができず、再建に着手した。

そしてわたしの許に片桐且元を寄越したのである。全国から資材を運搬するのに、大坂までは海上を利用できる。ところが大坂から京・東山までが大変である。鴨川水道を拵《こしら》えよという命令である。

今回も、費用は自費で賄《まかな》うようにという。鴨川水道完成の暁には、通船の通行料、運送料、倉庫貸料等は角倉家にお任せする、という条件を付けてきた。

わたしは、「金銭の問題ではございません」

「大仏再建に携わる人々、鴨川周辺の住民、京の庶民のためになる事業なら、喜んで請け負わせていただきたい」と、申し上げた。

慶長一五（一六一〇）年春に工事を着手し、翌年夏に完成した。大仏殿再建の工事も順調に進み、翌々年秋には、大仏殿の工事が完了した。

その後、「鴨川がまた氾濫しないか」「洪水に悩まされないか」という町民たちの声を耳にした。また、「京の町全体を再生するために、京の中心から伏見を経て淀川へ、大坂湾へと続く水路をつくってもらえないか」という。町民たちのなんという壮大な願い。

――鴨川の氾濫を防止する　運河を淀川まで延長する――

わたしは、鴨川の西岸を流れる高瀬川の開削を思いついた。京の中心街である二条から五条までを第一区、五条から丹波橋間を第二区、伏見界隈を第三区と設定し、幕府に開削の許可を願い出た。

今回も莫大な私財を投じなければならない。今までの工事と違って、土地買収に莫大な経費が掛かる。なにせ京の中心街を流れる河川の開削である。周辺の土地買収は半端なくてこずりそうだ。

案の定、三条周辺の土地買収にてこずった。買収済の川岸については土地を掘ったり埋めたり、水面の水平化を図る工事を進めていた。三条大橋の真下辺りを掘削《くっさく》しているとき、腐敗した死骸や白骨が出てきた。

宗恂から、以前聞いた話を思い出した。今から一七年ほど前のことである。

豊臣秀次さまは秀頼殿の出生の秘密に感づいたせいで、高野山で自害させられ、首級を三条河原に曝された。そればかりか、秀次の妻妾幼児三九人ともここで殺戮された。秀頼殿が秀吉公の実の子でないという事実を知った秀次さま一族を全員抹殺したのだと。

当時宗恂は涙ながらに語っていた。

宗恂は、秀次さまの侍医としてしばらく仕えていたので、その人柄をよく知っていた。世間では暴虐な人物と評されて、「殺生関白」などと揶揄《やゆ》されていたが、実はそうではないと。豊臣家の血筋としては珍しく学究肌で和歌や古典の造詣も深かったと。

秀次さまと一族の遺骸は河原に捨てられ、その塚の上に「秀次悪逆塚、文禄四年七月十四日」と刻した石塔が建てられた。その石塔も今は破損し、見る影もない。

わたしは、秀次さまとその一族のことを偲び、遺骨を集め、追善回向の儀式を執り行った。それから近辺に土地を見つけて、秀次さまらの菩提を弔う寺院を創建し、遺骨を納めた。のちに瑞泉寺《ずいせんじ》と命名された寺院である。

わたしが秀次さまを弔った真心に痛く感動し、売却を渋っていた地主の人たちが交渉に応じてくれた。思いがけない僥倖であった。こうして二条から五条までの第一期の工事は完了した。

五条から丹波橋間の第二区でも思わぬ難題が待っていた。竹田村周辺の買収がなかなか進まない。わたしは、東九条の西南で高瀬川を一旦鴨川に合流させ、そのすぐ南から鴨川を横断する水道を設け、鴨川の東側に高瀬川を流す構想を立てていた。

この構想が実現すれば、高瀬川を宇治川まで南下させることができる。それができれば横大路辺りで鴨川と桂川が合流し、背割堤《せわりつつみ》周辺で宇治川と木津川が合流する。そして鴨川・桂川・宇治川・木津川の四つの河川が淀川に合流する。

なんとこの高瀬川の開削工事の実現によって、丹波から嵯峨へ、京の街から宇治・南山城と大坂を結ぶ一大経済圏が実現するのだ。それには、竹田村一帯の用地買収が必要不可欠なのだ。

ところがこれに随分難儀した。

竹田村の人たちにとっては、高瀬川沿岸の田畑の作物が育たなくなるのではないか。用水路が潰されてしまうのではないか。工事が失敗したときだれが責任をとるのか等々、不安が尽きないのだ。

「あなたの言う一大経済圏構想など、わたしどもには全く関係ねえことだ」

「きれいごとすぎでないかい」

「われわれを食い物にしようとしてるんでないかい」

「今まで随分虐《しいた》げられてきたんだ。今度もわからねえぞ」

「何度も痛い目に遭ってきたんだからよ。口約束だけでは信用できねえな」

話し合いを何度も続けた。だんだん口調も激しくなってきた。

「では、こうしましょう。わたしと庄屋の奥田左近さんとで誓約状を交わす。いかがでしょう?」

わたしは解決案を提示した。

「口約束でないなら、その内容次第だね」

庄屋の左近さんは渋々同意してくれた。

「まず、竹田村の田地に舟の往来する川をつくるのに、拝借する田地の年貢はわたしども角倉家が負担する。どうです?」

「それをきちっとやってくれるなら、こちらとしても文句はないよな」

「では次に、舟が行き来する川ができたのちも、田地に流す用水路は確実に確保する。これもどうです？」

「結構なことだ。問題ないよ」

「では三つ目に、この川がいつになってもできないなら、元の田地に戻してお返しする。これもいいですね」

「全く問題ないぞ」

「で、これが最後です。以上、この三件を違えることがあれば、いつなんどき奉行所に訴えられても、わたしどものほうで責任を負います」

「なるほど、願ったり叶ったりだ。本当にこれを書状にしてくれるんだね。信じていいんだね」

「もちろんです。わたしの書名と花押でもって、証明いたします」

これらを書面にして誓約書を交わした。

ようやく工事が再開できた。

約二年の歳月を要した。二条から伏見の宇治川河岸までの高瀬川運河の完成がなった。

大堰川に始まり、富士川、天竜川、鴨川、高瀬川と、わたしは私財をなげうって河川の開削に打ち込んできた。果たして天命というべきか、悲願達成を機に自らの衰えを感じざるを得なくなった。

財産等を息子たちに相続整理し、これまでの開削工事で命を落とした御霊を弔うため、寺院を建てて、そこで余生を過ごそうと決めた。大堰川の終着地、嵯峨嵐山の麓《ふもと》の景勝の地に、嵯峨中院にあった千光寺を移築改修した。大悲閣千光寺と名付けたこの寺で、御霊の冥福を祈りつつ、いま静かに人生を振り返っている。

　わたし角倉了以は、天文二三（一五五四）年に生まれた。元亀元（一五七〇）年一七歳にして従兄の栄可の女と結ばれた。

　翌々三年には父を亡くし、若干一九歳にして一家の大黒柱となった。

　以来、家督を相続し土倉業に邁進。子にも恵まれたが、妻や子を顧みることもなく商売一筋の日々を貫いた。私財を肥やすためではない。世のため人のため、いつか偉業を成し遂げたいという大願成就のため。そのための備えなのだ。

　河川開削のことはここで記すまでのことはない。すでに人口に膾炙《かいしゃ》したことばかりだ。随分思い切って決断してきたと思う。破天荒とも思う。失敗も多々あったが、おおむね思ったとおりかそれ以上の成果が得られたのではないかと自負している。

　いろんな人たちと交流を図ってきた。身分の上下も蓄財の多寡も老若も男女も一切関係ない。仕事上かかわりのある人ばかりか、たまたま縁を結んだ人たちとの生身の人間としての付き合い。これらを通してわたしは随分成長したと思う。

　心通う対話を通して相手から学ぶ。相手への信頼が生まれる。そして相手の尊敬へと繋がる。相手の人もわたしに信頼を寄せてくれる。お互いの信頼が友誼の輪を拡げ、事業も大きくなった。

　世の中の先頭を突っ走る。誤解を恐れずに言えば、先頭を走る爽快感が、躍動感が、なかったわけではない。だが、そんな感情よりなにより世の人の役に立てたことに無類の喜びを禁じ得ないというか。うまく表現できないが、利他行を通しての愉悦というような、そんな感慨に満たされている。

弟宗恂は父の跡を継いで医師となって、関白秀次さま、将軍家康さまの侍医として仕えた名医だったが、おのれの命には淡白すぎた。四年前に死去。享年五三歳だった。末弟侶庵は賢明な学者として活躍してくれるものと期待していたが、一九年も前にこの世を去った。享年三五歳。あまりの早逝だった。

そして長兄のわたしが一番長生きした。が、もう永くはない。財産分与等の遺言はすでに書き残した。が、臨終にあたり特別の我儘といっていいものが、そんな感情が魂の奥底から湧いてきたのだ。

それは信長・秀吉・家康と支配者が目まぐるしく交代する戦乱の代に、自分でいうのもおこがましいが、わたしはいかなる権威権力にも阿《おもね》ず、独立孤高の商人として河川開削という未聞の工事に邁進してきた。大堰川や高瀬川などの通行事業や安南貿易など、我欲を求めず利他の志に徹してきた。

それらの事績を偲んで、開削者らしい勇ましい姿の肖像を造ってほしい、という気持ちが沸々と沸いてきたのだ。わたしが生きた証として……。

そしてなにより、これまで友誼を深めてきた多くの朋友たち、まだ見ぬ此岸に生きる同胞たちと、わたしが彼岸に旅立っても変わらぬ真心の対話を続けたい。此岸と彼岸をつなぐ対話を叶えるためにわたしの肖像を建ててほしい。というどうしようもない想念が芽生えてきたのだ。

わが息子素庵よ、長因よ。

わたしの我儘を叶えてくれ。そしてその像をここ大悲閣千光寺の片隅に残してくれ。

慶長一九（一六一四）年七月一二日、親族一同に見守られながら、思い残すことがないと言えば嘘になるが、角倉了以、ここに心安らかに眠る。享年六一歳。

三　再び、素庵

父了以の臨終には間に合わなかった。無念さと申し訳なさで胸の震えが止まらなかった。先に開疎なった富士川が洪水のために泥が溜まってしまい、通航できなくなったという。「すぐに復旧に当たれ」という幕府の命があり、この三月から復旧作業に出かけていた。七月に入りようやく修復の目処がたったとき、父危篤の急報が入った。急いで帰洛の途に着いたが、間に合わなかった。

父の葬儀全般が滞りなく終了してまもなく、弟長因《ちょういん》から、父の魂から迸《ほとばし》り出た「俺の肖像を造れ」という最期の遺言を聞いた。この肖像の建造という遺言をすぐに取りかかるべきかどうか、わたしは躊躇《ためら》った。

父の魂はわたしの生命の深くにいまも厳然と生きている。同じように弟長因の生命にも生きているはずだ。像を刻んで世の人に見せるべきなのか。おのれの魂を偶像崇拝の対象にすることを父も望んだわけではあるまい。弟といろいろ考えあぐねた。そしてどんどん月日が経っていった。

父の他界後、わたしは孤軍奮闘。大堰川・鴨川・高瀬川の管理、安南国への朱印船貿易の差配、医学書や儒学書の印刷出版など、八面六臂の忙しさに明け暮れたことも手伝って、肖像制作は延び延びとなった。

　それから一七星霜。父の一七回忌を迎えた。わたし自身の寿命ももう永くはないと感じたとき、ようやく着手する決心を固めた。父が世間さまの信仰の対象とならないように、父の魂あるがままの姿を木像に刻んだ。

　大堰川開削当時の、巨石を切り砕く現場で陣頭指揮をとる凄まじい父の形相そのままを刻む。眼光《がんこう》炯々《けいけい》、人をにらみ圧倒する鋭い眼光。鍛え上げた強靭な肉体。右手に犂《すき》を杖代わりに持ち、太い綱を巻いた円座に右膝を立てて座す像に仕上げてもらった。

　木像の傍《そば》には、父の業績を記した石碑を置いた。碑文はわが儒の朋友林道春さんに請うた。


　思い起こせば、父の死に先立つ五年前、安南国との貿易船が六年目を迎えたときのことである。のちに帰国した乗組員によると、この年の角倉船も例年通り長崎から出航して無事安南国の港に到着。東京《トンキン》での交易を済ませて、日本への帰路、南シナ海に出航した直後、急な暴風雨に遭い船が転覆したのだ。船長弥平次以下一三名が溺死。陸地からそれほど遠くない海上での遭難が幸いして、安南国が救助船を出してくれて、船長の弟庄左衛門以下一〇〇余人が助かった。

　わが角倉家の朱印船貿易は、慶長八（一六〇三）年、家康公が初めて朱印状を下付されたその年から始まった。毎年一回、相手国は安南国である。こちらからは銀、銅、硫黄、刀剣、工芸品を持参し、生糸、絹織物、綿織物、砂糖、鉛、香料、薬種、それから中国の書籍を持ち帰った。

　この交易は、東シナ海から南シナ海を往来する船舶輸送の危険を伴う一方、多大な利益をあげることができた。当時わが家の貴重な資金源になっていたことは言うまでもない。

この安南国との交易を始めるにあたって、乗組員はじめすべての関係者が守るべき規律を惺窩先生に制定していただいた。「船中規約」が、それである。

一、凡そ回易の事は、（略）人・己を利する也。人を捐《す》てて己を益するには非ざるなり。（略）謂う所の利は義の嘉会（よろこびのよりあい）なり。

二、異域の我国に於ける、風俗言語異なると雖も、其れ天賦の理、未だ嘗て同じからず。其同を忘れ其異を怪しみ少しも欺詐《ぎさ》、慢罵《まんば》するなかれ。

三、天地の間、同朋、一視同仁、況んや同国人に於いておや、況んや同舟人おや、患難、疾病、凍《とう》餒《たい》あれば、同じく救わん。苟《いやしく》も独り脱れんと欲するなかれ。

四、狂瀾怒涛《きょうらんどとう》、（略）人欲多しと雖も、酒色の尤《もっと》も人を溺らすに若かず。至る処道を同じくする者は、相共に匡正して之を誡《いま》しむ。

回易大使　貞子元

以上、わたしと父、そして師の朱印船貿易に懸ける心意気を伝えるために、少々長い文ではあるが、ほぼ全文を紹介してみた。

第一条の自他共利の根幹である「利は義の嘉会」の思想は、「大学」の「利をもって利と為さずして、義をもって利と為す」の文言に由来する。利と義は一体であるとする思想である。

第二条においては万民平等の思想が、第三条においては一視同仁の思想が示され、第四条において欲望のなすがままの振る舞いは厳に慎めと、行動指針が示されている。

こうした厳しい「船中規約」のお陰で、暴風による遭難に見舞われても安南国の支援が得られて、最少の損害で済んだのだと、父としみじみ語り合ったものである。

※

わたしは仕事一途の人間のように思われているが、実はそうではない。確かに父の仕事を継ぎ、土倉酒屋業、河川開削の土木業、安南国との貿易業などに明け暮れてきたが、己の内面を磨き鍛える修行を怠ったことはない。仲間との交遊も大切にしてきた。

惺窩先生を師と仰ぐ同朋の人たちとの生涯変わらぬ交遊はとりわけ大切にしてきた。この朋友たちは家柄や身分、年齢などに拘《こだわ》る間柄ではなかった。竹田城主赤松広道さまも秀吉公の姻戚にあたる木下勝俊さまもおられた。儒者・医師の野間玄琢《げんたく》さんもその子息三竹《さんちく》さんもいた。俳諧師の松永貞徳さん、その子息でのちに惺門四天王のひとりと目される尺五《せきご》さんもいた。朝鮮の儒学者姜沆さんと親しく語り合ったことは今も懐かしい。

もちろん、四天王の、堀杏庵《きょうあん》さん、那波活所《なわかつしょ》さんとも侃々諤々《かんかんがくがく》語り合った。四天王のもうひとり、林道春さんはわたしが惺窩先生を紹介した間柄である。かれは惺窩先生の推挙で家康公に謁見し、そののち幕府に仕官する道を歩んだ。そして四代将軍家綱公の代まで侍講として仕えた。

世間の評は、幕府を思想面で支えた論客とも、自らの思想信条を投げ捨てて幕府権力にすり寄った御用学者であるとも、まさに真逆である。わたしども惺窩一門にとっては、信義に厚く人望のある朋友である。わたしが父の碑の撰文を依頼したときなども、将軍の侍講として多忙をきわめるなか、その合間を縫って快く認《したた》めてくれた。

わたしはあるときから、活版印刷の工程を学び始めた。一枚の版木《はんき》に直接文字や図形を彫刻する方法と一文字か二・三文字ずつ活字を組んで版を作る方法があることを知った。

「一枚の版木に彫るやり方だと使い回しができません。頁数が嵩《かさ》む書物なら活字組み版方式がいいですよ」

キリシタン版に従事する彫師《ほりし》たちは口をそろえて活字版を薦める。

「なるほど、道理だ」と、思う。

「それに、一文字ずつ活字を組んで版を作る方法なら、彫師たちは熟練していなくても彫字ができます。熟練の彫師を揃える必要もありません。それなりの彫師を手早く育てることもできます。なにより短時日のうちに彫字ができあがります。したがって、書物を摺り終える期間を短縮することができます」

実際の文字を摺る仕事に従事してきた人たちが薦めてくれた手法を採用することにした。嵯峨にあるわが屋敷内の空き地に造本工房を建て、印刷機械や版木墨紙などを揃えた。そして、木駒を作る字木切り職人、字彫り職人、版組み・摺り・校正・装訂など印刷工程に関わる職人を雇い入れた。

造本工房の仕事始めを祝して、惺窩先生はじめ写本に関わった儒学者たちと親戚縁者を招待して、創業式典を行った。

招待者や職人たちを前に、わたしは活版印刷という新しい事業に船出するこの上ない晴れがましさと緊張の高まりから全身を震わせながら語り掛けた。

「わたし角倉素庵、若きころより儒学思想、古典文学、書写の技法を学んで参りました。そして今般、活版印刷術を会得いたしました。わたしが今日まで刻苦勉励に努めてきたのは、この事業を成功させるためだった。そんな思いに浸っております。四書印刷に全身全霊邁進いたします」

惺窩先生からもご祝辞を賜った。

「儒の教えを広く伝えたい、わたしが長年抱いてきた渇仰《かつごう》にも似た念《ねが》いです。この工房は一握りの朝廷貴族、僧侶などしか入手できなかった四書を広く町衆に普及する、画期的な文化事業となるものです……」

儒学書と並行して、関ケ原の戦さ明けの世の中が少し落ち着いたころ、かねてより依頼のあった「史記」五〇冊の活字印刷に着手。できあがった初版本は、ご所望だった後陽成天皇に献上させていただいた。

わたしはさらに、町衆の心を魅了してやまないわが国の古典書を出版したいと思うようになった。徳川家康公が征夷大将軍に就かれたころである。

「徒然草」から始めた。漢字に平仮名を交えて彫《ほ》るかなり難しい作業だったが、彫師たちはわたしの著した「書体見本帖」（漢字と平仮名の単字、二・三字を連ねた連続字の文字例を集成したもの）を手元に置き、木駒に直接彫り進めていった。平仮名交じりの活字版としては初めての試みである。

今回の印刷には、印字する紙にも装訂にもひと工夫したいと考えていた。当時町絵師として誉れの高かった野々村（俵屋）宗達さんに、「挿絵を挿入するのはどうだろうか」と尋ねてみた。

「それは良い思い付きですね。本の内容に符合する挿絵を入れるわけですね。わたしにやらせてください」と、色よい返事が返ってきた。

「印刷の紙も心当たりがあります。雲母《きらら》刷り料紙はいかがでしょう」

思いがけない妙案に、膝を叩いて相槌を打った。

こうして、木版雲母刷り料紙を使って、挿絵入りの豪華な活字印刷の古典本「徒然草」の上梓がなった。ときを経て「伊勢物語」、「方丈記」、「源氏小鏡」と、立て続けに上梓の運びとなった。

のちに嵯峨本《さがぼん》と呼ばれる素庵の活字印刷は、一冊ずつ手書きしたような丁寧な仕上がりになっている。素庵には大量の部数を刷って利益をあげようという意図は全くなかったのである。

※

五〇の坂を越えたころ、わたしは身体の異変に気付き始めた。ちょうど、尾張の徳川義直公からお声が掛かり、「源氏物語」や「方丈記」「伊勢物語」、「史記」や「貞観政要」など和漢書を講読指南していたころである。なれない仕事で少々緊張することもあり、疲れが溜まっていたのかもしれない。若いころのように無理はできないという程度にしか考えてなかった。

半年ほどして、赤くぶつぶつした発疹《ほっしん》が背中や胸に出るようになった。はじめはごくごく小さなものので、痛くも痒くもないので放っておいた。そのうち腫れも引くだろうと高を括《くく》っていた。

発疹がきれいに消えることもあった。だが、しばらくするとまた出てくる。だんだん大きくなってくる。

もしやと思い、弟長因に診てもらった。長因は祖父宗桂、叔父宗恂の跡を継いで医術を生業にしている。

「兄さん、もしかして、らい病の……」

「やはり、そうか。で、治る病いではないと聞いているが……」

「残念ながら不治の病いといわれています……」

「いつまで生きられそうか、どうじゃ？」

「この病いはすぐ命にかかわるものではございませぬ。それに、らい病と決めてかかるのも早計にすぎます。いま少し様子をみてみましょう」

一～二年、こんな症状が続いた。

この病いが発症する前、四九歳のとき、高瀬舟の監督権と淀川過書船の支配権を長男玄紀《はるのり》に譲っており、あとの朱印船貿易と大堰川の経営については、事実上二男厳昭《かねあき》に任せていた。ただ安南国との書簡だけは信義上、わたしがやらねばならないと決めていた。

ある日、書簡を認めていた。なんとその文字が歪んでいる。真っすぐ丁寧な文字にならないのだ。手のしびれが酷い。顔面にもしびれが……。

その日は早くに床に入った。次の日、快方に向かうどころか、視野も明瞭でなくなる。視力低下が著しい。

「兄さん、きちんと養生なさってください。この際、一切のお勤めをお辞めになっては……」

忙しい仕事の合間を縫って、長因は月に一〜二度は診に来てくれている。

「そうだな、これが潮時かな。満足な務めも果たせぬからのう」

わたしは二人の息子を呼び、遺産相続について語ることにした。

「長男玄紀《はるのり》には、高瀬川と淀川の権益を譲ってある。二条の角倉屋敷はおぬしに与えよう。それから二男厳昭《かねあき》よ、おぬしには朱印船貿易と大堰川の権益一切を譲る。住まいは嵯峨角倉邸、これを与えよう」

「では、父上はどこに住まわれるのでしょうか？」

「わしは、おぬしらも知っていよう。世間さまに顔向けできぬ病いかと疑っておったが、ここにきてそれが明白になった。人目に触れぬところに卜居《ぼっきょ》することに決めた」

素庵は、親族と離れて余生を独りで暮らす覚悟を決めた。

嵯峨清凉寺の西隣の仮寓に転居した。蔵書数千巻だけを運び入れ、読書に耽る。そして若いころに惺窩先生から託された「文章達徳録」の増註の作業に没頭する。齢五七のときである。

因みに、「文章達徳録」とは惺窩が著した漢文の作法書であり、その増註とは師の解釈にさらに新たな注釈を加えることをいう。

症状は徐々に悪化していった。手足のしびれに顔面の皮膚にただれが目立つ。視力の低下に歩行困難。そんな症状が気持ちを萎えさせる。それでも意志を強く持ち、増註の作業は続けることができた。病いは素庵に更に大きな試練を与えた。遂に目が見えなくなったのだ。独力で読むことも書くこともできなくなった。

惺窩先生との約束、わたしに課していただいた遺命ともいうべき増註の仕事は、なにがあっても成し遂げねばならない。だが、それが叶わないかもと思うと、絶望の淵に突き落とされそうだった。失意のどん底にいたとき、門人として仕えてくれている宗允《そういん》が、

「わたくしが素庵さまの眼となり手指となります」

と申し出てくれた。

宗允の逞しい雄姿を思い浮かべてみた。

しかし、わたしの宿痾《しゅくあ》は伝染力が強いといわれている。身内にも宗允にも伝染《うつ》すわけにはいかない。書斎には誰も入れないことにした。宗允には隣室に控えてもらう。どうしても書斎に招き入れなければならないときを考え。わたしの机の周りに紙を貼り合わせて作った頑丈な蚊帳《かや》を置いた。

こうして隣室なり蚊帳越しなりで、宗允が読みわたしが注釈した言葉を、宗允が書き留める。そういう往還の作業を続けた。

病いに臥せっていると知った友人たちが拙宅に駆けつけてくれる。嬉しい限りである。わたしの宿痾が伝染するものと知って去っていった知友が大勢いる中で、儒の朋友たちは決してわたしを見捨て

なかった。

京の医師野間玄琢《げんたく》さんもそのひとりである。ご子息三竹《さんちく》さんを見舞いに寄越してくれた。かれはまだ三〇に届かない若者。わたしを慕ってくれている。

「父から聞きました。びっくりいたしました。ご機嫌如何でございますか？」

「ご心配をおかけします。身体はいうことを聞きませんが、頭はいたって冴えております」

「いまはどのような生活をなさっているのです？」

「師から託された増註の仕事に励んでいるところです」

「どんなことがあってもくじけない強いお心をお持ちなのですね。惺窩先生もお喜びのことと存じます」

「気持ちが萎《な》えることもありましたよ。でも、支えてくれる周りの友や門人たちがいてくれます。かれらのお陰で心を強く持てているのです。こうしてあなたが来てくれることもありがたいことです」

「そうおっしゃっていただき寄せていただいた甲斐があります」

「他の仲間にもよろしくお伝えください」

面会に寄ってくれる友とは、蚊帳《かや》越しではあったが会話が弾んだ。

宿痾ともいうべき不治の病いに抗いたい。こんな病いに負けてたまるかと自分の身体にむち打ち、五八を迎えた年始を機に、わたしは「文章達徳録」の増註に加えて、「本朝文粋《ほんちょうもんずい》」の改訂、平安時代中期の漢詩文集の誤りを訂正する作業にも取り組み始めた。

東山六原に居を構える町絵師、野々村宗達もわたしの許を訪ねてくれたひとりである。かれもわたしを慕ってくれている。わたしが「伊勢物語」を刊行した際には、豪華な木版雲母《きらら》刷り料紙を調達してくれたり、表紙や本文にいれる挿絵を描いてくれたりと、わたしの出版本に花を添えてくれた友である。

「お元気そうで何よりです」

「門人の宗允がいてくれるので、助かっております。ありがたいことです」

「わたしにもお手伝いできることがあれば、いつでもおっしゃってください」

「それはありがたい。改訂に取り組んでいる書があります。本朝文粋という漢詩文集です。それが仕上がれば、活字印刷に回したいのですが、もはやわたしにはそれが叶いません」

「わかりました。本朝文粋ですね。わたしにその印刷をおまかせください。喜んでいただける立派なものに仕上げてみせます」

翌年、素庵の改訂版「本朝文粋」を、宗達は見事に上梓してくれた。

松永尺五《せきご》というわたしより二〇歳ほど若い儒学者から文《ふみ》が届いた。

――貴兄に文を送ります。予期せぬ宿痾に罹患されたとお伺いいたしました。近親の方も近づかないようにご配慮なさっているご様子。己のことより周りの人のことを気遣う、貴兄の心優しさに感服いたしております。

また、「文章達徳録」の増註にご尽力なさっていることも伺いました。

この増註をとおして惺窩先生と魂の対話をなさっているものと存じます。

それがまた未来の人々に語り掛ける対話へと繋がっているものと思います。

貴兄がご自分と向き合い、決して弱音を吐かず難病と闘い続けられるお姿を心に焼き付けております――


この文に触れ、生気が蘇った。

「文章達徳録」の増註に拍車がかかった。わたしの最期の労作となるはずである。この増註に記された一文字一文字に魂魄を留めるかのように、あらん限りの力を振り絞って宗允との口承を続けた。そして少しの合間に尺五への返書を認めた。


――わたしを励まそうと、あなたの真心のご慈愛、心に沁み入りました。師のご遺命を果たすべく、残された微かな灯火に渾身の力を注ぐことにいたします――


「励」ましという漢字には「万」と「力」が含まれる。人々に「万」の「力」を贈ることが「励まし」であると、聞いたことがある。

これまでどれだけ多くの人たちと励ましの言葉を掛け合ってきたことか。

最期の力を振り絞って師と紡ぐ一語一語の力。増註完了の暁には、その一語一語に込めた温もりや慈しみを読者が感じとれるようにと念じている。

臨終のときが迫ってきた。少し動いただけで身体の節々が悲鳴を上げる。呼吸するのもままならない。意識が朦朧とする。かと思いきや意識が戻る。長因が診にきてくれた。ふたりの息子を呼んでもらった。わたしの遺骨は一族の眠る二尊院に葬ってはならない。化野念仏寺に独りひっそり葬るようにと遺言した。

寛永九（一六三二）年六月二二日、わたし角倉素庵、息子玄紀、巌昭、弟長因と門人宗允の四人に見守られながら永眠す。享年六二歳。

それから七年後。長男玄紀がわたしの遺志を忘れず「文章達徳録」全六巻を、堀杏庵の序を添えて刊行してくれた。


この章を閉じるにあたり、素庵が罹患した病いについて、一言断っておきたい。

素庵の生きた時代は、不治の病いでしかも感染力の強い病いと見做されていた。したがって感染者は、世間から隔離されたり故郷を離れて放浪を余儀なくされるなど、差別や偏見に苦しんできた。現在は、医学の進歩とともに、治療法が確立され、不治の病いではなくなった。また感染力が極めて低くなったことがら、特段隔離の必要もない病状であることを付け加えておきたい。

第六章　惺門《せいもん》四天王

一　林羅山

毎年秋の深まりとともに、この辺り一面は見事に紅葉する。樹木から舞い落ちた深紅の紅葉が境内を覆い尽くし、眼前の景色は伽藍の荘厳さを一層引き立たせる。

わたしは今、京の小倉山の麓、深紅に染まった紅葉が美しい景勝の地、角倉了以殿が眠る二尊院の境内にいる。これから二尊院の境内を出て、素庵殿が「学び舎」の候補地と考えてくれた敷地に案内してもらう。南には日禎《にっしん》和尚が建立した常寂光寺、北には「西院の河原」と呼ばれる無縁仏を弔う石塔が無造作に立ち並ぶ化野念仏寺《あだしのねんぶつじ》と、閑静な寺院が隣接する絶好の地を素庵殿が学び舎として選んでくれたのである。

かつて家康公が、「今の明国に道はあるか」と尋ねられたことがあった。

わたしは、「ございます」とお答えした。

明の文献によれば、小村から郡県州府に至るまで学び舎のないところはない。

「そこでは人倫を教え、人心を正し、風俗を善くすることを大事にしているのでございます」

そうお答え申し上げた。

そのとき以来、わたしは「わが国にも儒学の学び舎を建設したい」と、家康公に建議申し続けてきた。

ようやく允可《いんか》を賜ることとなった。慶長一九（一六一四）年夏のことである。

わたしの長年の夢、学び舎の建設という夢がいよいよ叶うときがやって来たのだ。

「京に儒学の学び舎を建設する手はずが整いました。それに相応しい土地を探していただきたい」

角倉素庵殿に依頼した。

「学び舎を建てられるなら、是非お任せください」

「わが角倉家が所有する土地があります。一度見学においでください」

秋も深まったころ、わたしは紅葉美を愛でながら角倉家所有の小倉山の麓、嵯峨の地に足を踏み入れた。

「ところで、羅山殿。教える教授陣の目処はたっているのですか？」

「惺窩先生の朋友たちに声を掛けようと思っています。菅得庵《かんとくあん》さん、野間玄琢《のまげんたく》さん、若いですが松永尺五《せきご》さん、那波活所《なわかつしょ》さんたちにも。もちろん素庵殿、あなたにもお願いできればと思っています」

「なるほど、で、塾頭には、あなたが就かれるのですか？」

「いいえ、その任には、惺窩先生をご推挙するつもりでおります」

学び舎に相応しい土地が決まり、講義内容、講師陣の選定、惺窩先生の塾頭推挙など、学び舎の準備はほぼ整った。

ところが、大坂冬の陣が勃発。同年一二月のことである。大御所様にとって幕府安泰のためには避けて通れない、豊臣一族殲滅《せんめつ》という一世一代の戦さなのだ。学び舎どころでないのは言うまでもない。

無念な思いを堪《こら》えつつ、耐え忍ぶしかない。捲土重来《けんどちょうらい》、わたしは次の好機を待つしかなかった。

苦節二〇数年。思い起こせば、二五歳のとき、大御所様の命によりわたしは剃髪し、名を道春と改めた。

四七歳のときには、民部卿法印の叙任を拝受した。出家は人倫に背くと僧侶になる道を拒絶したわたしが剃髪出家を命ぜられ、それに従った。また、民部卿法印という僧籍の位を甘んじて拝受した。わたし自身、忸怩《じくじ》たる思いであったことは言うまでもない。大御所様の許を去って、一人儒者として生きる道を模索したこともあった。周りの者たちからは「儒者羅山が剃髪出家しよった」と、陰口をたたかれたこともあった。

「羅山よ、おぬし変質したのか」と蔑《さげす》まれたこともあった。

「元々、羅山なる者は名利を求めて家康公に取り入った、権力に阿《おもね》る追従者に過ぎなかったのだ。なんと小心者よ」と、見下されたこともあった。

このような世の批評を甘んじて受け入れてきたのも、ほかならぬ大御所様が開かれた江戸の幕府の許で治国平天下の世を築くこと。その願いを叶えることにあった。

そして、その天下泰平の世を築くために、わが儒教道徳を上は将軍様から民百姓に至るまですべての人々の行動規範に据える。そのために、有為な人材を育む「学び舎」を建設しなければならない。この悲願を実現するための辛抱だったのだ。

世間的には俗に従っても、俗の心になるのではない。外形は世俗の習慣に従いながら、内心は儒の精神を保つ。これが、わたしが耐え忍んだ「従俗の論理」というものである。

積年の悲願ともいうべき「学び舎」の建設。遂に叶うときがやって来たのだ。苦節二〇数年、寛永七（一六三〇）年冬のこと。三代将軍家光様から上野忍岡《しのぶがおか》の別邸地と金二〇〇両を下賜された。二年後、学び舎を建てることになった。京には建設できなかった学び舎を江戸の地に建てることができたのである。

家光様から、「一切合切、おぬしに任せる」と言っていただいた。

程伊川《ていいせん》が著した「近思録」に、「聖人学びて至るべし」の句がある。学問の目的は聖人になることであり、学びを深めることによって誰もが聖人になりうるという。この句の思想をわが学び舎の原点としなければならない。

そしてこれを踏まえ、「学則」を次のように決めた。

一、自主性・主体性を重んじること。疑問があれば身分年齢問わず質問が許されること。
二、平等性を重んじること、厳格さより自由を尊ぶこと。
三、道徳の修養に勤しむこと。
四、あらゆる学問に精通すること。
五、対等の立場で討論し考えを深め合うこと、などである。

この塾で学んだ多くの学生たちが朱子学を継承し発展させてくれることを切望している。これこそ、惺窩一門林羅山の切なる願いである。

二　那波活所《なわかつしょ》

標高四八・九メートル、そう高くはない。虎が伏せたように見えるからと、名付けられた虎伏山《とらふすやま》。その山の頂《いただ》きに、御三家の威容にふさわしい風格ある和歌山城が屹立《きつりつ》する。天守閣に登って四方を見渡せば、西に紀の川が、東に和歌川がゆったりと流れる光景が眼前に開けてくる。

和歌山城は紀州を平定した豊臣秀吉が弟の秀長に築城させたもの。秀長の城代として家臣の桑山《くわやま》重晴《しげはる》が入ったのに始まり、その後、関ケ原の戦いで功をたてた浅野幸長《あさのよしなが》が城主となる。そして領地替えの一環として、元和五（一六一九）年から、徳川家康の一〇男頼宣《よりのぶ》が、三代目の城主に就いた。

頼宣の代になって、和歌山紀州藩は五五万五〇〇〇石を拝領。以来、水戸・尾張と並び、徳川御三家のひとつに数えられ、その格式にふさわしい城下町が整備された。城郭を取り囲むように武家屋敷が立ち並ぶ。その外側に、北に町人の家屋、南に寺院並びに新しい武家屋敷の造成が進められた。

和歌山城の南東に位置する新しい武家屋敷一帯の広瀬という地に、わが家塾はある。主君頼宣公より屋敷を与えられ、その敷地内に家塾を開いた。寛永一二（一六三五）年のことである。以来わたしはもっぱら、この塾で紀州藩の家臣団の教化訓育にあたっている。門弟たちはよく学修に取り組んでいる。わたしもやりがいがある。

わたしは、文禄四（一五九五）年三月、播磨国姫路の豪農の家に生を受けた。名は信吉、字は道円、通称は平八という。号を活所と称した。

祖父と父はともに商取引で身を為し、財を築いた。わたしは幼少のころより真剣に学問に取り組んだ。父の許しを得て学問の道に進んだ。漢学の修得に励み、儒学にのめり込んだ。一七歳のときに、生まれ故郷の播磨国姫路より京都の銅駝《どうだ》坊に移住し、惺窩先生に師事した。

元和五（一六一九）年惺窩先生が逝去されるまで、その側近にあって儒学の研鑽に励み、同門の林羅山兄や堀杏庵《きょうあん》兄などと親交を持った。松永尺五《せきご》君とは年齢が近いことも手伝って儒学の修得を競い合った。

四〇歳のとき、和歌山藩主頼宣《よりのぶ》公に拝謁し、出仕することになった。それ以降、頼宣公の側近として仕え続けた。

惺窩先生からは厳しくも暖かい指導を受けてきた。わたしたち門弟に叩き込まれたこと。それは、「汝六経三史を以って治生の業と為す莫《なか》れ」という戒めである。六経三史など修得した知識いわゆる学問で得た学識を生活のための稼業に利用してはならない、と。学問は生計を立てるためにするのではなく、己の修養のために励むべきものであるとする戒めである。

そもそも学問は己の生き方を磨くもの。経歴に箔をつけるものでも立身出世に活かすためのものでもない。ましてや、その知識をひけらかせて弱者を見下したり蔑《さげす》んだりするものではない。世に弱者といわれる人たちに寄り添い、かれらとともに世の中を良くするために活かすべきもののはずだ。惺窩先生はそのことを日頃よりよく指導されていた。

わたしはわが門弟たちにも同じことを繰り返し訓導している。ある者は田畑を耕すことに精をだし、ある者は商いを営む。またある者は草履《ぞうり》をつくることを生業《なりわい》にする。城主に仕える家臣は武士の道に生きる。すべての者にとって、儒学の研鑽は偏《ひとえ》に自らの人格を陶冶するためなのだ、と。

　門弟のひとりに、渡邊一学という頼宣公の側に仕える御用人がいる。あるとき、かれは「論語」陽貨にある語句の理解に苦しみ、わたしの許にやって来た。

「『子曰く、性は相《あい》近し、習えば相遠し（人間の生来の性質は似たようなものだが、その後の学修によってその性質に大きく違いが生じる）』の文句はなるほどと腑に落ちます。だからこそ、学修に精を出さねばと思えるのです。

　ですが、『子曰く、唯上知《じょうち》と下愚《げぐ》とは移らず（多くの学修者は、その学修の努力によって変われるが、ただ最高の知者と最低の愚者だけは変わることができない）』の文句がどうにも腑に落ちません。わたしなど、努力を重ねてもわからないことだらけです。下愚のひとりなのでしょうか？」

「なるほど、そうだね。血のにじむような努力を重ねても向上しない者がいる。あまりにも冷酷に聞こえるね。ただ、血のにじむような努力を重ねることができる者は、その時点で、すでに下愚のはずはないと思わないかね」

「なるほど、そうですね。それだけ努力できる。それだけですごいことですね」

「では、ひとつ、具体の事例で考えてみようか」

　と言って、わたしは門人のことを例に、説明を始めた。

「わが門弟のなかに、天性の素養があり、自ら典籍を修める門人がいるね」

「たしかに、すごい才能、と憧れる先輩がおられます」

「努力に努力を重ねて典籍への理解を深める門人もいるね」

「はい、そのような先輩もおられます。尊敬に値します」

一学は即座に反応する。頭の回転が速いのだろう。

「その逆に、とりあえず努力はするが、すぐに諦めてしまう。そういう門人もいるかもしれないね」

「わが門弟に、そんな不埒な族《やから》はいないと思いますが……」

「それから、努力に努力を重ねても、修得に至らない者。それでも諦めず理解が及ぶまで頑張りぬく者。そいう門下もいると思うね」

「その通りです。そのように苦労している門下は沢山おります」

「で、指導者たる者、だれに指導の焦点を当てるべきか、どうかな？」

一学はじっくり考えながら、

「まず、諦めずに頑張る門下を指導していただきたいです」

「そう思うね。で、他には？」

「はい、すぐ諦めてしまう門人にも、手を差し伸べていただきたいと存じます」

「そうだね。諦めるでないぞと、根気強く教化しなくてはならないね」

なるほど、わかりましたと頷《うなず》きながら、一学は、

「ありがとうございました。確かに『下愚』の者はいるにはいるが、その者にも教化訓育を諦めてはいけない。その戒めとして言われていることなのですね」

「そうだ。ようやくわかってくれたようだね」

また、藩士のひとり長谷川周鋼《しゅうこう》なる者がわたしの書斎まで質問に来たことがあった。妙に改まった口調である。思い悩んでいることがあるのだろう。

「『孟子』に、『君の臣を視ること手足の如ければ、則ち臣の君を視ること腹心の如し（主君が家臣を大切に扱えば、家臣はその恩を感じる）。君の臣を視ること土芥《つちあくた》の如ければ、則ち臣の君を視ること敵人の如し』（主君が家臣をぞんざいに扱えば、臣下も君主を敵視するようになる）とあります」

「確かに、『孟子』にある文句だね」

「また、『君に対して臣が三度諫めて聞かざれば、則ちこれを去る』という『君臣義合』の考え方もあります。わが紀州藩主頼宣公が臣下を土芥のように扱われることはないと存じますが、この『君臣義合』という考えを、あなたはどのように評価なされますか？」

「なるほど、もしわが頼宣公が不埒な主君であれば、これは深刻な問題になるでしょう」

「はい、わたしども藩士の身分で『三度諫めて聞かざれば、則ちこれを去る』という生き方ができるかどうか。わたしには自信がございません」

「なるほどそうだね。ところで、あなたは『清水坂の物乞い』の譬《たと》えをご存じか？」

「いいえ、承知しておりません。よろしければご教示いただければ幸甚に存じます」

「清水坂の物乞い。かれらは手足が不自由のため、物乞いをして人さまの憐れみにすがって生きるしかない不遇の人です」

「人さまの憐れみにすがることは何も恥ずかしいことではないと思いますが、とても不憫だと思います」

「そう。手足が不自由なだけに、不自由な生活を強いられるわけです。では、武士階級に話を移してみて、家臣を土芥のように扱う主君に仕えなければならない。あなたがもしそうなら、どう思うかね？」

「う～ん。ぞんざいに扱われて、それに対して言うべきことも言えず、行うべきことも行えない。『清水坂の物乞い』と同じ立場だということですね」

「そうだね。仕官に汲々として、主君に言うべきことも言えない。手足を縛られているような存在だと言っても過言ではないでしょう」

「わたしも実は、同じように考えていました。で、出処進退の問題に突き当たったのです。家臣は有能な主君でなければ君臣関係を破棄して、主君の許を去るべきである。この考えは尤もな理屈だと思います。実を申せば、わたしは以前、前に仕えていた藩主の許を辞した経験があります。『三度諌める』勇気はありませんでしたが、仕官の道を辞す勇気はありました。いまも、『三度諌める』勇気を持っているかと問われれば、情けない話ですが、『ない』と答えるしかありません」

「一族を養う責任と己の信念との狭間に懊悩呻吟する。そして主君を恐れず諌言することなどとてもできない、と。あなたは心の内を正直に話してくれたね。だからこそ、一人で苦しんでいるより、わたしに相談しようと思ったのだね」

「……、そうです」

「なるほど。で、わたしの答えは単純明快です。武士には武士の生きる道がある。武士の宿命というべきものだね。それは、儒の言葉で表現すれば『修身斉家治国平天下』だよ。『平天下』をめざす生き方こそ武士の本懐だ。君主も臣下もそれは同じはず。したがって、『為す有るの君』でなければ仕えるべきではない。さっさと辞すべきだね。そして辞す覚悟を固めたうえで、君主を諫めるのも武士の務め、だと思うよ」

活所は、長谷川周鋼とこのような問答を繰り返しながら、昔のことを思い出していた。

遡《さかのぼ》ること一〇数年前、活所は肥後藩主加藤忠広の許を辞去している。肥後藩に出仕して約七年の歳月を経てのことであった。

「これほどまで申しても、お聞きくだされぬのですか?」

「ええい、くどいぞ。活所」

「民の苦しみ、殿にはご理解いただけないのですか?」

「民の苦しみ、わからぬではないが、藩の財政を優先すべきなのだ」

こうした押し問答が繰り返された。肥後藩主加藤忠広を相手に、農民から取りたてる年貢米の徴収について諫言《かんげん》した。当時、代官による無茶な収奪があった。そのことを忠広に具申したのだ。活所はこう具申した。

「代官が法外な取り立てをすると農民が疲弊します。田畑を耕し作物をつくる農民のことを第一にお考えくださいい」

それに対して、忠広の考えは違っていた。

「農民たちには、生かさぬよう殺さぬように扱うことが大事なのだ」

活所と激論を闘わせた加藤忠広とは加藤清正の息子。一一歳の若さで肥後藩を継いだ人物である。この問答があったとき、かれは三〇歳。血気盛んな若者が臣下の意見に耳を貸すはずもなく、活所の諫言も取り合わなかったのである。

間もなくして、活所は加藤忠広のことを「仕える可きの人に非ず」と見切りをつけ、肥後藩を辞したのである。


寛永一二（一六三五）年以降、活所は徳川頼宣の許で家塾を開いて家臣を教化しながら、君主頼宣の相談役・指南役として生涯を全うしたのである。

頼宣が若かりしころ、刀の試し斬りと称して、罪人を斬殺したことがあった。そのとき、活所に問うた。

「中国の君主にも、臣下を試し斬りした君主はおるか？」

「残念ながら、人を斬殺した君主は中国にもおりました」

「それは何という名の君主か？」

「夏の桀王《けつおう》と殷の紂王《ちゅうおう》という悪王です。人を殺すことを慰みにするような大悪人でございます。かれらは、いともたやすく人を斬殺しました。人間の振る舞いではなく、禽獣のなす業というべきです」

「では、桀王や紂王同様、わたしのことも大悪人だと誹《そし》るのか？」

「そのように申し上げねばなりますまい」

「なんという無礼者、下がれ、下がれ！」

若き頼宣、活所の諫言に一刻《いつとき》は腹を立てたもののその振舞いを恥じ、残虐な行為を戒めるようになった。

こんなこともあった。

頼宣の前では従順に従っているようで、裏では命に従わない、いわゆる面従腹背の重臣がいた。頼宣が嘆いて、活所に呟《つぶや》いた。

「わたしの周りには善き臣下がいない。それゆえ、絶えず周りに眼を光らせ、臣下の動向を探らざるをないのだ」

わたしは、申し上げた。

「それは、あなたに人を見る眼がないからではありませんか」

主君頼宣に対して、見る眼がないと言い切るのだ。

「なにを申すか！」

少し言い過ぎたかもしれない。だが、頼宣のために言わざるを得ない。

「あなたの周りに智者も勇者もいないのではなく、あなた自身が見い出すことができないのではありませんか？」

「わたしが、見いだせていない、だと！」

「そうです。だから、『御家に人なし』などと、不満を並べられることになってしまうのです」

「……。」

頼宣は今度も大層立腹したが、活所の諫言には真摯に向き合う明君であった。

また、こんなこともあった。

ある冬の夕餉《ゆうげ》のとき、頼宣が近習の者と酒宴を開いていたとき、頼宣が活所に尋ねた。

「異国にもこのような酒宴を催すことがあるか？」

「異国にも同様の楽しみはあります。が、それは愚将のすることにございます」

「愚将（？）のなすこと……。なぜじゃ？」

「さよう、愚将にございます。酒宴に招かれた者は喜びに満ちておりましょう。が、よくお考えくださ い」

「近習の者を酒宴に誘う。皆、喜んでおるではないか？」

「だから、よくお考えくださ い、と申し上げたのです」

怪訝な顔をしている頼宣に、家臣活所が冷水を浴びせるように失礼を承知で言い聞かそうとする。

「その近習たちに家来が同伴いたします。その家来たちは招かれていない宴席のお供をするのです。楽しそうな酒席を横目に、主人をじっと待つことになります。この寒さに耐えながら、です」

「なるほど、家来たちのことも考えよ、ということだな」

「ご賢察の通りでございます。そもそも聖人君子とは、上下の隔てなく皆が喜ぶことをなすものです。

一部の近習と酒宴をお開きになること、厳にお慎みください」

活所の諫言はいつも直截《ちょくせつ》的であった。仕える相手が頼宣という明君でなかったら、かれの諫言は自害を命じられても不思議ではなかった。活所は、まさしく自らの生命をも顧みない真っすぐな真剣の儒者であった。

三　徳川義直と堀杏庵《ほりきょうあん》

関ケ原合戦の二ケ月後、慶長五（一六〇〇）年一一月二八日、わたしは大坂城二の丸で父家康の九男として生まれた。父が天下人となって初めての子であった。母は京都岩清水八幡の神官志水宗清の娘。名は於亀《おかめ》という。のちに剃髪して相応院《そうおういん》と称した。いわゆる天下人家康の側室である。わたしは幼名を千々世丸《ちぢよまる》、のちに五郎太丸と名付けられた。二一歳のときに義直《よしなお》と改名した。ここでは義直の名を使う。

父は子に対して正室の子、側室の子と差別することはなかった。したがって、わたしは天下人の子として藩主となるべく育てられた。帝王学を学ぶことが日常の生業《なりわい》であった。

父には正室二人、側室一六人がいた。折に触れて、母から聞かされた。

最初の正室は築山殿《つきやまどの》という。長男信康様と長女亀姫様を生んだ。正室築山殿と跡継ぎの長男信康様の二人は、不遇の生涯を閉じている。戦国の真っただ中である。織田氏の圧力に苦悩する父は、正室や長男の命より信長の威光を選択せざるを得ない苦渋の時代であった。

二人目の正室は朝日姫という。豊臣秀吉公の異父妹。小牧長久手の合戦後、秀吉公が画策した父への懐柔策としての婚儀、いわゆる政略結婚であった。彼女は父に嫁いだ四年後に没している。

その後、父家康は正室を持たず、側室を江戸、伏見、駿府に、延べ一六人を侍らせた。

そして、一一男五女を設けている。わたしの母於亀は六番目の側室であった。側室同士はこれだけの人数だったから、干渉しないだけの距離をとって憎しみ合うことはなかったらしい。母の後に側室に入った於万《おまん》の方とはどちらかと言うと仲のいい姉妹のような関係だったようだ。

於万の方はわたしが生まれたあと、頼宣公（和歌山紀州藩主）と、頼房公（茨城水戸藩主）を生んでいる。

話をわたしに戻そう。

わたしは三歳のころに甲斐国府中二四万石を拝領した。六歳にして元服。そして、尾張清州藩主であった兄松平忠吉《ただよし》（四男享年二八歳）の死後、その跡を継いで、清州藩四七万石の藩主になった。

このとき、藩主忠吉近臣の稲垣将監《しょうげん》、石川主馬《しゅめ》、中川清九郎などが、忠吉の跡を追って殉死した。

石川主馬《しゅめ》とは、晩年終の棲家として詩仙堂に住し天寿を全うした石川丈山の従兄。丈山が家出した際、叔父の許を訪ね、面倒を見てもらった、あの従兄である。

母の話によると、かれらの殉死を聞いた父は、絶句し、激怒したそうだ。

「江戸の老臣たちはなぜ止めなかったのだ」

「止めても聞かないようなら、なぜわしに相談しなかったのだ」

「全く意味のない殉死など、なぜさせるのか。藩主の跡継ぎに仕えて忠義を尽くすことこそ、誠の忠節ではないのか。追い腹を切ることなど金輪際許さない」

父家康の死生観、主従観の一端を垣間見る逸話である。

わたしは一七歳のときに初めて尾張に入り、六〇万石の尾張藩初代藩主としての人生を歩み始めた。

わたしには藩主として範とすべき存在がいた。最後の竹田城主赤松広道侯である。かれに倣って、農業用水の整備や新田開発に力を注いだ。城下町の整備や租税軽減の改革にも取り組んだ。儒教の振興にも力を入れた。そして孔子廟を建て釈奠《せきてん》を行った。学問所を設け、子弟教育を充実させることも倣った。

ところが藩主として模範とすべき広道侯を、なんと父家康が関ケ原戦役後、自刃に追いこんだ、という。なぜ、どうして、という不条理なまでの無念さ。父に対する憤りに苛《さいな》まれたこともあった。

あるとき、父に問うてみた。

「なぜ、赤松広道侯を自刃せよと命じられたのですか？」

父は、思いつめるように、

「あの天下を二分する戦さのあと、信賞必罰を明確にする必要があったのだ。本人から申し開きさせるべきであった、深慮が足りなかった」としみじみ語られていた。

人の話をよく聞き、臣下の諫言に耳を傾けられる父にも、思い込みの間違いを犯すこともあるのだと、わたし自身、自戒の念を深くした。

また、儒教をはじめ和漢の学問を指南してくれたのは、京の豪商角倉素庵公である。かれは惺窩先生と虜囚姜沆さんとが苦心して著された儒教の和書を印刷し、広く儒教を普及した功労者のひとりである。

父が逝去した際、形見として尾張に届けられた書物群駿河御譲本《するがおゆずりほん》、約三千冊の講義をしてくれる師匠として素庵殿を尾張に招請した。かれの熱心な指導のお陰で、難解な儒学の一端を理解することができた。

父は幕府の文教政策を進めるにあたり収集した書物群駿府文庫本を駿府のお城に秘蔵するのではなく、江戸と尾張、紀州、水戸御三家に活用するよう遺命した。これからの時代、文治政策に転換しなければならないと考えていたに違いない。

わたしは藩儒として堀杏庵《きょうあん》先生を招請した。元和八(一六二二)年のことである。わたしが二二歳、杏庵先生三八歳のときであった。わたしの人生を大きく変えてくれた恩師と言って差し支えない。

杏庵先生の指南によって、わたしは「初学文宗《ぶんそう》」という書を認《したた》めた。そこに次のように記した。

――夫れ学の事は難きにあらず。人生の日々に用ひ行う処、是皆学の道なり。今の人、此理を知る者少なし。学問と云えば、愚なる者の成すべき事にあらずとて、聞くべき事ともせず。故に愚なる者は弥《いよいよ》愚にして道を知る事なし。我、是をいたみ思ふ故に、……蓋《けだ》し初学の人をして大道の一端を知らしめんと思ふ心也――

学問は決して難しいものでない。日々の生活に役立つものである。日々どのように生きるかを学ぶことが学問の肝要なのだ。今の人は、この理屈を知る人が少ない。学問と云えば愚かなる者には無縁であって不必要なものであると考えるから、ますます愚かになってしまう。これが残念でならない。

惺窩先生を始祖とし杏庵先生に繋がるわが邦儒学を、藩の子弟にしっかり学ばせたい。そう願って、わたしはわが藩の子弟教育のために、城内の御深井丸《おふけまる》の地に「学び舎」を建てた。

そして、父から譲り受けたあの膨大な書物群をだれもが学びに活かせるように、城内の二の丸庭園内に「文庫」を建てた。

杏庵先生と、ともに歩む尾張藩。子弟教育の「学び舎」と、だれもが閲覧できる開かれた「文庫」をつくった尾張藩。わが尾張藩における教育の両輪が、こうして完成した。

四　松永尺五《まつながせきご》

関ケ原の戦役後、時代の波は大きく徳川家になびく。時をおかずに家康は征夷大将軍に就いた。豊臣家の権勢もいつしか暮れ、落日の最期の灯りが西の空に沈むかのようだ。かつて威容を放った大坂城も霞《かす》んで見える。

この城の主《あるじ》、豊臣秀頼が一二歳になった。母淀殿が旧家臣たちを叱咤しながら、お家再興に奔走していたころのこと。執事の片桐且元に申し付けて、朱子学に造詣の深い俳諧師松永貞徳を秀頼の指南番として大坂城に招いた。

貞徳は若かりし二〇歳そこそこの一時期、秀吉の祐筆だったことがある。その縁で声が掛かったのだろう。貞徳三四歳。一人息子で一三歳になる昌三（のちの尺五《せきご》）を同伴させた。

貞徳は、儒教の重要な経典のひとつ「書経」を教材に選んだ。天下統治の法則を秀頼に学ばせたいと考えて選定した。もちろん昌三も同席させた。

まず、昌三が素読する。

「人を玩《もてあそ》べば徳を喪《うしな》い、物を玩べば志を喪う」

貞徳が講釈する。

「人をもてあそぶようなことをすれば徳を失い、物をもてあそぶようなことをすれば志を失うのです」と。

また、昌三が、

「汝《なんじ》、面従《めんじゅう》し退いて後言するなかれ」と素読。

続けて貞徳が、

「眼の前では従う素振りを見せながら、居ないところでは陰口を叩くようなことをしてはならない。またそのような臣下を用いてはならないのです」と講釈。

「予の周りに人はおらぬ。ちやほやする者ばかりじゃ。追従《ついしょう》する家臣には辟易《へきえき》するぞ」

「そんなにおっしゃってはけませぬ。あなた様のことを思ってのことと存じます」

「予のことを慮《おもんばか》ってくれるのは、おぬし昌三しかおらぬわ」

「わたしは『書経』の一部をお伝えしているに過ぎませぬ」

「真に、腹を割って話ができるのは、おぬしだけじゃ。その他は面従腹背の家臣ばかり。もうこりごりじゃ！」

「……」

「また来てくれるか？」
「御意《ぎよい》のままに。お召しがあればいつ何時なりと」
こうして昌三は、秀頼と学友の如く心通わせる関係を築いたのである。

松永昌三は、文禄元（一五九二）年、父松永貞徳が二二歳のとき、かれの長男として京都教業坊《きょうぎょうぼう》に生まれた。

性格は生真面目で、人当たりもよく、だれに対しても慈悲深い。倹約に徹し贅沢を許さない。謙虚で奢《おご》らず、儒教の教えを熱心に学ぶ好学の若者である。

八歳のころより、本格的に書を読みはじめる。遠縁の惺窩先生に師事し儒学を学び、父貞徳の歌会にも顔を出し、和歌や俳諧の修練も積んだ。

近世儒学の祖といわれた藤原惺窩が、「この子は栄誉栄達を求めず、忠実に学問に向き合う、出色の子弟である」と評し、儒者として名を成すに違いないと、深衣《しんい》（儒服）と幅巾《はばきれ》（冠の代わりに被る頭巾）を授与した。惺窩の生涯において、この深衣と幅巾を授与したのは、林羅山と幼少の昌三のふたりだけである。それだけ、昌三の将来に期待をかけていたのである。

昌三が一三歳のころより大坂城に出講し、幾度か「書経」の講義を行って以来、秀頼の信任厚く、執事の片桐且元を使者に立て、秀頼は正式に尺五を出仕させようとした。

「殿の格別の計らいにござる。是非にご出仕賜りますようお願いにございます」

「そのお申し出、大層ありがたきことに存じますが、今少しお時間をいただきとうございます」
「いかにも。悪い話ではござらぬゆえ、一刻も早くご返事を頂戴したく存じますぞ」

しばらくして、片桐且元の許に返書が届いた。

「お断りいたします」
「え……、なぜ？」

且元は絶句した。

秀頼はあまりの衝撃に呆然《ぼうぜん》としたまま声も出ない有様であった。

「……？」

この決断は、昌三本人の意志というより、父貞徳の意向が強く働いたようだ。

貞徳は悩み苦しんだ。そして考えた。

——武人に比して文人はあまりに弱い。文人がいかに理に訴えても武人が我儘であればその意に従うしかないのだ。秀吉公に対して千利休が、家康公に対して林羅山がそうであったように。自分が秀吉公の祐筆を勤めたときも、望むようなことはできなかった。わが息子には同じような苦しみを味わわせたくない——

そう考えて、息子昌三に語り掛けた。

「仕官することは、自分の志に蓋をすることになるのだ。己の理想も信念も捨てなくてはならないときもある。羅山の暮らしぶりからおよそ察しがつくであろう。儒者でありながら道春などと仏門の名を名乗らざるを得ないのだ。おぬしほどの生真面目な性格なら、この屈辱に耐えられぬと思うが、どうじゃ？」

「お父上のおっしゃる通りかもしれませぬ。わたしには到底堪えられない屈辱にございます。ご辞退申し上げるしかないと存じます」

夕焼けが西の空に沈んでいくように、豊臣家の権勢が黄昏どきを迎えていたからではない。そんな豊臣家の将来に不安を覚えたからなどという卑小狭隘《きょうあい》な考えではない。純粋に文人として、儒者として生きていく決意を固めたからこその決断だった。


昌三は二二歳のとき妻を娶った。豊臣家からの仕官を固辞したあとも、諸藩の藩主から幾度も誘いがあった。一家を支える責任から心が揺らぐこともあったが、どの藩にも仕えることはなかった。ただし、藩主の求めに応じて、儒学の講義に出かけることは吝《やぶさ》かではなかった。禄を食むのではない。相手がだれであれ求めがあれば、講義に出向く。儒の教えを伝え広めるためである。津藩をはじめ、加賀藩、尾張藩、美濃藩、播磨藩、因幡藩、丹波藩などから何度も声が掛かった。

尾張藩を訪ねたときには、惺窩先生の同門で、旧知の堀杏庵と旧交を温めた。

「あなたが仕官の要請を固辞されていることは承知しております。ですが、時代も変わりました。もはや、文人、儒者が為政者の命じられるまま、信念を曲げてまで仕官に耐えなければならないという時代は終わりました。わが藩義直公も臣下の諫言に耳を傾ける度量をお持ちの殿様です」

「あなたのおっしゃることは、その通りなのでしょう。義直公があなたの諫言に従い、善政を敷かれていることも仄聞しております。ですが、わたしはもはや仕官の道を歩もうとは考えておりませぬ。

わたしのこの思いをいつかお話しする機会があるかもしれません」

「なるほど、尺五殿。あなたにはなにか深い思慮がおありのご様子」

「深いかどうかわかりませんが、師の惺窩先生との契りがございます」

昌三はこう告げて、杏庵との久方ぶりの会談を楽しんだ。

また三二歳のときに、時の関白九条忠栄《ただひで》より招請があったことも記しておかねばならない。これは松永尺五の名声が、公家衆の間にも轟《とどろ》いていた証《あかし》に違いない。勿論、この誘いについても固辞したことは言うまでもない。


大坂の陣により、難攻不落といわれた大坂城が陥落。秀頼の自刃により豊臣家は滅亡。豊臣の代が完全に幕を閉じたそのころ、父貞徳は三条衣《ころも》棚《だな》高棚南町に居を構え、私塾を始めた。新しい時代に新しい事業をと、一念発起したのだと言う。市井の年少の子弟たちは、その多くが読み書きもままならない時代である。若者たちに読み書きをはじめとする学問を伝授する。これこそ新しい時代を拓く新しい事業だと、私塾を開講したのである。

昌三も父の塾を手伝うことにした。松永父子が営む私塾は、いわゆる庶民教育の先駆けというべき塾であった。

「随分、塾生が集まったなあ」

「お父上の熱意の賜物でしょう」

「学びを求める若者が大勢いるんだと思うよ」

「それに、皆さん。熱心に学ばれています」

「そうだなあ。地位や身分に関係なく、みんな学問する意欲に満ちているよ」

「これからますます塾生が増えます。いまのこの塾では塾生が溢れてしまいます」

市井の庶民たちの学びへの情熱は松永父子の予想をはるかに超えた。いまの三条衣棚の住居兼学び舎では収容しきれない盛況ぶりであった。

あるとき、日頃から懇意にしている京都所司代板倉周防守《すおうのかみ》重宗が、この私塾を訪ねてきた。

「昌三殿、御盛況でなによりです」

「おかげ様で、この通りです」

「ところで、あなたの塾には大勢の年少者がおりますが、儒学の塾というより読み書きを教える学び舎のようですね」

「その通りかもしれません。今のわが国には大切なことに存じます」

「して、その意は？」

「こういうことに存じます。わが国ではいまだ儒学は広まっておりません。その理由は庶民が文字を読めないからです。『四書五経』を読み覚えて、義理をよく知るためには、文字を読み書きできる若者を育てることが肝要かと考えているのです」

貞徳と昌三父子は西洞院二条南の地に塾舎を建てた。そこを春秋館と命名した。この塾には、のちに名を成す秀逸の若者たちが大勢通った。木下順庵、伊藤仁斎、林羅山の三男春斎、四男守勝、と野間三竹などである。

学び舎が大きくなったのを機に、昌三は読み書き、書経の素読などを学ぶ初学者の教室に加えて、儒学を本格的に学ぶ教室も整えた。

寛永九（一六三二）年、年も押し詰まった師走のある夜、貞徳は昌三を傍に呼び、永年の思いを吐露した。昌三にとっては思いがけない意外なものであった。

「仏門の教えを本格的に学んでみないか？」

「儒者であるわたしが、ですか？」

「そうじゃ、おぬしの儒学に対する求道は、傍にいて痛々しいほど真剣で凄まじいものだと感心しておる。それにわが歌学の道についても、地道に習練しておることも存じておる」

「ではなぜ、仏門にまで学びの幅を拡げよとおっしゃるのです。いかなる魂胆にございましょう？」

「よく聞いてくれ。わが一族は知っての通り、わたしの父永種《えいしゅ》、兄日陽《にちよう》、そしてわたしも日蓮宗不受不施派の信徒である。いままで一度たりとも、おぬしに信仰を強制しようと謀ったことはない。今後もそんなつもりは毛頭ない。だが儒学における一学派を起こすには、儒学に限らず学問全般、とりわけ仏法の博識がなくてはならないと思うのじゃ」

「……。よく考えてみます」

「それに、儒学を説く相手は学問に目覚め始めた庶民ばかりではない。将来、口さがない公家衆や武家衆たちにも説かねばならないはずじゃ。特に仏法の経典に準《なぞら》えて、儒の道を説く場面も出てこようと思うぞ」

「なるほど、お父上の将来を見通す眼力、恐れ入ります」

松永昌三改め、松永尺五。四二歳にして、年明けより建仁寺に入り、八万宝蔵といわれる一切経を閲覧し始めた。なんという刻苦勉励、意志堅固。そして博覧強記。一年数ケ月が過ぎたころには、ほぼすべての経典を渉猟《しょうりょう》し終えた。

そしてこれを機に、仏教に関する考えを改めるようになった。

その一端を記すと、こうだ。

――仏論に『現世《げんせ》安穏《あんのん》・後生善処《ごしょうぜんしょ》』とある。過去未来の因果を知ろうとするなら、今生がなにより肝要である、という教えである。

現世なり此岸なりを仮の宿（穢土）と捉え、来世の西方極楽浄土を希《こいねが》うのは小乗の教えであって、仏法においても謗《そし》るべき教えである――

――仏説に「娑婆《しゃば》即寂光土《そくじゃっこうど》」とある。西方極楽浄土、死後に救いを求めることは、仏説にも違背する邪道である。

今生をよりよく生きようと念ずるなら、五倫五常の道をよくわきまえるべきである。

君に忠あり、親に孝ありて、上よりは下を憐れみ、下よりは上を親しく思えば、天下国家は治まって、仏説の「娑婆即寂光土」ともいうべき楽土が建設される――

松永尺五、四三歳にして、仏典の教えに人間生命の深奥に迫る哲学性が内包されていることに気づいた。仏典には人間生命に新たな息吹を吹き込み、現世を変える思想性が内蔵されていると考えるようになった。

当《まさ》に仏法は儒学の教えに抵触するものではなく、儒仏の根っこの部分には相似た哲理が包摂されているのではないかと考えるに至ったのである。

昌三が建仁寺に籠《こも》っている間、父貞徳が孤軍奮闘。すべての受講生を対象に四書五経の講義を受け持った。昌三が文人として大樹に育つためならと、自分が言い出したことである。愚痴ひとつこぼすこともなく、塾生育成に奮闘したのである。

「大したものですね。この繁盛ぶりは」

「お陰様で、受講を申し込む希望者が跡を絶ちません」

「それでは、この学び舎も手狭になりますね」

「実はそうなのです。かといって、敷地購入のために、塾生に負担を掛けるわけにも参りません。どうすべきか、思案に暮れております」

「では、わたくしが当たってみましょう。心当たりの土地があります」

よく塾を訪れ、何かと配慮してくれる京都所司代板倉周防守重宗《すおうのかみしげむね》公が、学び舎として最適な土地を寄進しようと申し出てくれた。二条城を真向いに眺める堀川二条南の一等地にある、東西一八間、南北三〇間、延べ五四〇坪という広大な敷地である。松永父子、重宗の篤志に恐悦至極《きょうえつしごく》、感謝の言葉も見つからなかった。

松永尺五と板倉重宗との厚誼《こうぎ》は、互いの父の代からの因縁である。尺五の父貞徳と重宗の父伊賀守勝重とは、和歌や俳諧などの歌会を通して、師匠貞徳、弟子勝重という関係であった。弟子の勝重にとって、師匠の貞徳は尊敬の対象であり同時に庇護すべき対象でもあった。

こうして、貞徳を名目上の塾長、尺五を実質的な塾頭として、講習堂と命名した新しい私塾が完成した。今や京の都に「尺五あり」と噂されるほどの儒の碩学、松永尺五を擁する塾である。塾生は増え続け、数百人に達するまでになった。上級の塾生が初学の塾生を教えるという仕組みをつくることによって、かろうじて塾生に対する指導が成り立つ状況であった。

一一年後の慶安元（一六四八）年には、御所堺町御門前に大きな土地を、後光明天皇より下賜された。その地に三つめの塾、尺五堂を建てることになった。このとき尺五、五七歳。貞徳、実に七八歳であった。

貞徳は塾生に直接教授することはほとんどなくなった。和歌や俳諧の門人たちと歌会を催すなど、穏やかな日々を過ごした。

塾の運営については、尺五も第一線を引き、息子たち長男昌易《しょうえき》、二男宗達《そうたつ》、三男永三《えいぞう》に任せるようにした。尺五自身は後進の育成のために、「彝倫抄《いりんしょう》」という儒学の指南書の執筆に忙しくなった。第一線から身を引いたとはいえ、門下生から質問を受けることもしばしばあった。

あるとき、こんな質問を受けた。

「孔子さまのお言葉に『それ儒道は､民は之に由よらしむべし､之を知らしむべからず』とあります。この言葉をどう理解すればいいのでしょう？」

「なるほど、きみは孔子さまが、為政者の言うことなすことに従順であれと、おっしゃっているのではないかと。孔子さまを疑う心が芽生えて悩んでいるんだね」

「はい、そうなのです。そう考えると、不安が募るばかりです」

「それは儒教に反対する人が、ためにする論理であって、まったく的外れの屁理屈なのだよ」

「もう少し、わかりやすく説明していただけないでしょうか？」

「そうだな。ではまず『民は之に由よらしむべし』は、儒教の道理に従って生きよと、ご教示されているもので……」

「この箇所はわかります。よく理解しているつもりです」

「そうだね。で、この次の『之を知らしむべからず』が、きみの理解が及ばないところだね。これは、実は知らせてはならない、と読むのは間違いなのだよ。そうではなくて、儒学の奥深い道理を学問の初学者に理解させるのが難しい、と読むべきなんだよ」

「なるほど、『理解させるのが困難』。そう読むべきだったのですか！」

「そういうことだね。儒教の基本的な教えに仁・義・礼・智・信の五常というものがある。きみもよく知っていると思う」

「はい、五常は何度も何度も反芻しております」

「その智の説明として、智とは是非邪正をよく知るを云うなり。よく万物の義理を知ること肝要なり。是非をよく窮めれば、聖人の道の貴きことを知るようになる、とある。

　つまり、儒教ではよく知ること、を勧めているわけだ。よろしいか。孔子さまが民に、知らしめてはならない、などと説かれるはずがないのだ」

「なるほど、先生。よくわかりました。これで合点がいきました。今までモヤモヤしていた心がすっきり晴れ晴れといたしました。ご指南、ありがとうございました」

尺五は、惺窩の臨終に際し、あることをお誓いした。元和五（一六一九）年九月一二日、尺五が二八歳のときのことである。

師に誓ったことは、師との契りでもあった。

それは、京における新しい儒学の一派、京学派ともいうべき学派をつくること。学び舎を営み、儒学の裾野を拡げること。そして、わが国儒学界をけん引する人材を輩出すること。自分の代でできなくても、次の世代に託すこと、などをお誓い申し上げた。

そのために、師の「韜晦《とうかい》（自分の本心や才能などをつつみ隠すこと）して聞達《ぶんたつ》（世間に名が知れわたること）を求めず」の志をわが志として、仕官を求めるなどあってはならない。師の人生をお手本に、清貧に甘んじ、名声や栄達など、歯牙にもかけずに、「修身・斉家・治国・平天下」の理想を追い求め続けよう、と。

それこそがわたしの人生であり、わたしの生きる意味なのだ、と。

第七章　終章

慶長五（一六〇〇）年五月一九日、釜山の空は真っ青だった。朝鮮半島の南端釜山港に着いた姜沆《カンハン》一行は、故郷全羅南道《チョンラナンド》霊光郡《ヨンガングン》に向かった。藤堂高虎の捕虜となってほぼ三ケ年、辛酸を舐めてきた一族である。故郷に帰っても迎えてくれる身内がいるわけではない。かつて暮らした実家の家屋は荒れ果ててしまっているかもしれない。不安を抱えながらの帰郷である。それでも郷愁の思い堪えがたく故郷の大地を踏みしめたかったのである。

「すっかり廃れていますね」

「思いの外、酷いです」

「仕方ありません。戦いに負けて捕まったわけですから」

「そうですね。その間、だれも住んでいないのですから。この荒れ具合も仕方ないですね」

敗北感に打ちひしがれた嘆息がみんなの口から洩《も》れる。

「でも、生きて故郷に帰ってこられたのです。何もかもがこれからです」

姜沆は一族をなんとか励まそうとしている。

「亡くなった家族の分も背負って生きていかなければなりませんね」

幼い息子や娘たちを失った妻も、元気に振る舞おうと懸命である。

「とりあえず、漢城《ソンジョ》に向かいます。官吏としての矜持です」

「なるほど、国王宣祖様に報告しなければなりませんね」

「姜一族として、どう暮らしていくか。その後で考えましょう」

「奸賊《かんぞく》秀吉が亡くなったとはいえ、倭国が今後どうなるか予断を許しません。国王にお伝えするのが先決ですね」

「国王宣祖様には、倭国の実情をお報《しら》せしておかねばなりません」

姜沆一行は帰郷後、日を置かずに漢城へ赴いた。

「捕虜生活、さぞかし辛酸を舐められたことでしょう。それにしてもよく帰国できましたね」

国王の側近たちも暖かい言葉を掛けてくれた。

「倭国にもわたしども虜囚を支えてくれる人がおりました」

「して、秀吉亡き後の倭国の様子はどうじゃ？」

国王宣祖は労《ねぎら》いの言葉もほどほどに、倭国の戦意がどれほどかを聞き出したいようだ。

「関白秀吉、死して二年。天下を握るのが誰なのか？ いまだ趨勢は不明と申し上げるほかありません。内乱が起きる不穏な空気に満ちております。ですが、外攻の意欲を持っている武将はいないと存じます。それから、倭国の様々な内情を記した報告書をご覧に入れたく持参いたしました」

「なるほど、そうか。ご苦労であった」

宣祖は安心した様子を示し、姜沆にしかるべき官職を授けようと申し渡した。

ここ李氏朝鮮にも、異国に拘束されて、なんとか帰国できた姜沆一行を貶《おとし》めようとする族《やから》がいた。心のさもしい連中である。

「国王様。あの姜沆は倭国の捕虜にされた嘆かわしい人物です」

「それがどうしたというのじゃ？」

「死して故郷に帰るのならいざ知らず、生き長らえて恥を忍んで故国の土を踏んだ人間です。報償を与えるなど、とんでもなきことに存じます」

言いがかりも甚だしい。国王宣祖はこの讒言《ざんげん》を真に受けることはなかった。

だが、自分が謗《そし》られていると仄聞した姜沆の思いは違った。謗られることに些《いささ》かのやましさも腹立たしさもなかった。むしろ内心、あの屈辱を耐え忍んで帰還した自分を褒めてやりたいとすら思っている。

でも、官吏として祖国の安全を守れなかったこと、父親として子どもらの命を守れなかったことに慙愧《ざんき》の念がないわけではない……。

そこで、……。姜沆は決めた。他者の評などどうでもよい。己《おのれ》自身の心に正直に生きようと。自分も国や家族の安全を守ることはできなかった。

だが、本来国家が果たすべき民の命を守るという使命を、わが祖国は投げ出したではないか。国王も官僚も戦線から早々に逃げだしたではないか。それが国家というものの在り様なのか。権力というものの本質なのか。政事というものの悲しい性《さが》とでもいうのか。

ともあれ、これからの人生、祖国なんぞに義理立てしなければならない道理はない。政事に翻弄されるのはもう懲《こ》り懲《ご》りだ。

己の家族を守り、己が信頼する仲間とともに、己自身の信義を貫く。そんな人生を、己自身のために歩もうと、固く心に決めた。

姜沆はこうして官位を辞し故郷に帰った。そして、ここ故郷に「水滸伝」が念《おも》い描いた理想郷「梁山泊《りょうざんぱく》」をつくろうと決めたのである。

汚職や不正、忖度《そんたく》や追従《ついしょう》、謀略や陥穽《かんせい》、権謀術数《けんぼうじゅつすう》などが渦巻く世の中からはじき飛ばされた人々が集う梁山泊。罪科を犯して世間から放り出された人たちが集う梁山泊。

一儒者として後進の育成に心血を注ぎ、人肌の温もりに包まれる地域に理想郷を築こうと、慎ましくも逞しい日々を送り始めた。

二年後、承議郎大邱《テグ》教授に任じられたが、すぐに辞任。またその翌年、順天教授に任じられたときも辞退した。

かれはあのとき決意した「梁山泊」の夢を、多くの困難を伴ったが、故郷の地に実らせることができたのではないだろうか。

かれは自著「看羊録《かんようろく》」のなかに、「民岩之可畏如之矣」（民は、寄り集まると岩のように動じないものになる）という言葉を残した。同じ志を持った人々が寄り集まることによって、世の中を動かす原動力となる。そういう想いを表現したかったのだろうか。

倭国にいたころ親しく接した仲間たちの噂は、海を越えて姜沆の耳にも伝わってきた。赤松広道は関ケ原の戦いの後、家康公の命令によって自刃に追い込まれたそうだ。

儒教の説く「五常」の教えを忠実かつ厳格に実践してきた、あの広道が巷間伝えられるところによると、敵軍の家屋敷を焼き尽くしたという。そんな「仁義礼」に悖《もと》る非道な攻撃を仕掛けるわけがない。だれかに冤罪を着せられたに違いない。その罪科に問われ自刃させられたという。姜沆が朋友赤松広道を偲びつつ、家康に対してどうにも収まらない義憤に駆られたことは言うまでもない。

藤原惺窩が、天下人となった家康からの仕官の誘いを断ったことも、倭国の珍事として伝わってきた。自分の代わりに、弟子の林羅山を推挙したことも同時に伝わってきた。

倭国の人々には惺窩がなぜ、家康の誘いを固辞したのか、理解しがたい出来事と映ったのかもしれない。惺窩は出世の道を自ら断ったわけである。名誉や栄達を求める我欲は、わが人生にはない。為政者に振り廻されるのはわが歩む道ではない。そう考えたに違いない。それ以上に大切なものがきっとあったのだろう。

朋友でも弟子でもある、信義に厚い、あの赤松広道を断罪した家康を許すわけにはいかない。冤罪であると承知していたはずだ。どうして理由も聞かず、断罪に処しなければならなかったのか。家康のことを仁義に悖《もと》る愚か者だと見限ったのか。そんな愚か者に仕官するなどあり得ないと見切ったのか。いずれにせよ、姜沆は自分の人生と照らし合わせ、惺窩の生き様はとてもよく理解できた。

海を隔てた遥か遠方の倭の国で契りを交わした朋友たちを偲び、故郷全羅南道の空を眺めながら、感慨に耽《ふけ》った。

その後の伝聞によると、かれは京の北東の人里離れた市原の地に山荘を営み、静かな余生を送っているという。

思うに、かれは惺門の弟子たちと儒の道を学び語り合い、近隣のお百姓たちと畑仕事に汗を流していることだろう。

（完）

【著者紹介】

口中　治久（くちなか　はるひさ）

1949年京都市生まれ。同志社大学文学部卒業、同大学院文学研究科修士課程中退。京都市立中学校教諭として、藤森中学校、七条中学校、洛南中学校、教頭として陶化中学校、四条中学校、校長として洛西中学校を歴任し、定年退職。その後同志社大学教職課程指導相談室アドバイザー、大谷大学非常勤講師、創志学園クラーク記念高等学校教育部長、京都外国語大学学生部次長、創価大学教職指導講師等を経て、現在は環太平洋大学非常勤講師。

著書『詩仙堂と昌平黌』（郁朋社、2021）

師弟《してい》と朋友《ほうゆう》　—藤原惺窩《ふじわらせいか》とその弟子《でし》たち—

2023年9月13日　第1刷発行

著　者 — 口中《くちなか》　治久《はるひさ》

発行者 — 佐藤　聡

発行所 — 株式会社 郁朋社《いくほうしや》

〒101-0061　東京都千代田区神田三崎町2-20-4

電　話　03（3234）8923（代表）

ＦＡＸ　03（3234）3948

振　替　00160-5-100328

印刷・製本 — 日本ハイコム株式会社

　ISBN978-4-87302-797-5 C0093